겨울 해바라기

FUYU NO HIMAWARI by Kappa,
SUZUNONE by Nekokei,
Over The Bridge by Toyahara Umi

Copyright © Kappa, Nekokei, Toyahara Umi, 2010.
All rights reserved.
First published in Japan by Gentosha Inc.
This Korean edition is published by arrangement with Gentosha Inc., Tokyo
c/o Tuttle-Mori Agency, Inc., Tokyo through Eric Yang Agency Inc., Seoul.

이 책의 한국어판 저작권은 에릭양 에이전시를 통해 Gentosha와
독점 계약한 가치창조 출판그룹에 있습니다. 저작권법에 따라 한국 내에서
보호를 받는 저작물이므로 무단전재와 복제를 금합니다.

겨울 해바라기

1판 1쇄 | 2014년 5월 15일

지은이 | 갓파, 네코케이, 도야하라 우미
옮긴이 | 고향옥

펴낸이 | 모계영
펴낸곳 | 가치창조
편 집 | 박지연
디자인 | 한은경

등 록 | 제406-2012-000041호
주 소 | 서울시 마포구 모래내로 7길 12, 405
전 화 | 070-7733-3227   팩 스 | 02-303-2375
이메일 | shwimbook@hanmail.net

©이정석, 2014
ISBN 978-89-6301-099-1 43830
      978-89-6301-071-7(세트)

가치창조 공식 블로그 http://blog.naver.com/gachi2012
단비청소년은 가치창조 출판그룹의 청소년 책 전문 브랜드입니다.

겨울
더 이상 죽지 마
해바라기

갓파, 네코케이, 도야하라 우미 글 | 고향옥 옮김

단비청소년

차례

겨울 해바라기

제 1 화

슬픔이 쓰러진다.

이제 막 쓰러지기 시작한 도미노처럼 멈추지 않고 와르르 쓰러져 간다. 내가 지금 그런 인생을 걸어가고 있는 건 아닌지 생각해 본다.

그날, 나는 소중한 사람을 잃었다. 후우 하고 불면 사라지는, 강하면서도 약한 촛불처럼 어이없이.

잠에서 깨어나면, 나는 살아 있음을 실감한다. 여기에 온 이후로 한 달 동안. 매일 아침, 잠에서 깨어날 때마다 확인하는 '살아 있다'는 당연한 실감.

나는 병실에 누워 새하얀 천장을 보며 숨을 쉬고 있다. 팔다리도 움직일 수 있고, 소리도 들을 수 있다. 공복감도 느껴진다. 단지, 가족의 얼굴을 봐도, 의사와 간호사의 얼굴을 봐도, 창밖으로 보이는 세상을 봐도 아무 느낌이 없을 뿐이다.

나는 침대에서 일어나 창밖을 내다보았다. 그리고 날씨가 화창한 것을 확인하고는 밖으로 나갔다.

코로 숨을 들이마셨다. 조금 차가운 공기가 내 폐 속으로 들어갔다가 천천히 입으로 나갔다. 풍경은 달라진 게 없었다. 하지만 왠지 모르게 흐릿해 보였다. 날씨는 흐리지 않았다. 단지, 지워지지 않는 막 같은 것이 내 눈동자를 덮고 있어서 흐릿하게 보이는 것이다. 무엇을 하든 그 막 같은 것은 사라지지 않고 내 눈에 비치는 모든 것을 흐려 놓았고, 눈에 보이는 세상 모든 것을 신선하게 느낄 수 없도록 만들어 놓았다. 그것이 서서히 마음속으로까지 침식해 가는 느낌이다. 왜 나만 살아남았을까, 왜 나는 살아 있을까.

그런 생각이 입원해 있는 내내 나를 괴롭히며 세상을 흐릿하게 보이게 했고, 퇴원해서 일상생활로 돌아왔을 때에도 나를 괴롭혔다.

나는 퇴원하고 곧바로 학교를 그만두려고 했다. 부모님은 내가 자퇴하는 것을 반대했지만 나는 도저히 학교에 있을 수가 없었다.

10

"가이토, 다이키나 사키도 네가 살아남은 걸 기뻐할 거다. 한데, 왜 괴로워하는 거냐. 네가 살아 있다고 누구한테 해가 되는 것도 아니잖아. 안 그러냐?"

아버지가 그렇게 열심히 나를 설득했다.

"그렇지 않아요!" 하고 나는 저항했다. 나는 지쳐 있었다. 세상이 흐릿해 보였고, 신선미를 느끼지 못했고, 감동도 느낄 수 없었다. 마음을 다잡지 못한 채 그저 흘러가는 대로 살아가는 데도 지쳤다.

아버지가 말했듯이 무엇보다 다이키와 사키, 그 둘은 나에게 크나큰 존재였다. 나는 그 둘을 끔찍이 좋아했고, 지금도 그 둘이 현실적으로 존재했다는 사실만이 나에게는 유일하게 신선한 광경으로 남아 있다.

그 이후로 나는 꿋꿋하게 의견을 굽히지 않고 단호히 학교를 그만뒀다. 그리고 어머니의 권유로 어머니의 오랜 친구인 유코라는 아주머니의 집에서 농사일을 거들게 되었다.

그 아주머니는 남편과 둘이서 농사를 짓고 있었는데, 내가 착실하게만 일한다면 농사일을 거저 가르쳐 주겠다고 했단다. 둘이서는 넓디넓은 땅을 감당할 수 없어 많은 일꾼이 필요하니, 거저 살게 해 주는 대신 농사일을 거들라는 말을 어머니를 통해 들었다.

집을 떠나는 날 아침, 나는 부모님에게 등을 돌린 뒤로 한 번도 돌아보지 않고 앞만 보며 걸어갔다. 여전히 내 안에서는 적잖이 망설이고 있었던 까닭에. 그리고 다이키, 사키와 함께 있었던 이곳을 떠나 있는 동안, 내 안에 있는 그 둘의 존재가 서서히 뇌리에서 사라져 가는 상상을 하자 몹시 불안해졌다.

나는 버스를 타고 유코 아주머니 집으로 향하면서 다이키와 사키를 떠올렸다. 그때의 기억이 아직도 너무도 생생해서 나는 눈을 감아 버렸다.

그곳은 사자자리의 별똥별 무리가 보이는 예쁜 하늘이었다. 11월 추위에 손발이 곱고 몸이 덜덜 떨렸지만 우리는 하늘을 올려다보며 별똥별 무리를 올려다보았다.

하늘에는 무수한 별들이 떠돌고 있었고, 우리는 추위 따위 잊을 만큼, 이야기하는 것도 잊을 만큼, 별똥별 무리에 푹 빠져 있었다. 별똥별 무리는 한순간 반짝 빛났다 사라지고, 반짝 빛났다 사라지곤 했다. 우리가 여태 보지 못했던 세계가 하늘에서 펼쳐지고 있었다.

"추워."

정적을 깨듯 사키가 말했다.

"이제 곧 겨울이니까 당연하지." 하고 내가 대꾸하자 다이키는 겨울이 싫다며 투덜거렸다.

"겨울은 춥고, 두꺼운 옷도 입어야 하고……, 에잇 싫은 거 투성이라니까. 그리고 학교 가는 것도 피곤하고, 옷 입는 것도 피곤하고."

"너는 단지 게으름뱅이일 뿐이라고."

나와 사키가 거의 동시에 말했다.

"아니, 난 달라, 게으름을 피우는 게 아니고 체력을 보존하고 있는 거라고."

다이키는 단호하게 그렇게 부정했다.

"그게 무슨 말이야?"

사키는 의문을 던지듯 다이키와 나를 번갈아 보았다.

"가령, 지금 여기서 별똥별 무리가 지상을 향해 떨어진다고 해 보자. 그럼, 보통 애들은 도망치겠지. 하지만 나는 그렇게 하지 않을 거야."

"그럼 어떻게 할 건데?"

내가 물었다.

"나는 여기 남아서, 운석이 떨어지지 못하게 해야지. 어차피 도망쳐 봤자 살아날 수도 없으니까."

다이키는 싸움에서 이기기라도 한 듯 의기양양하게 그렇게 말했고, 그 말을 들은 나와 사키는 얼굴을 마주 보고 풋하고 웃음을 터뜨렸다.

"슈퍼맨이라도 되려고?"

"바보 같은 소리 마, 놈은 인간이 아니라고."

다이키는 진지한 얼굴로 대꾸했다.

"그럼, 그렇게 말하는 다이키 너도 인간이 아니겠네, 떨어지는 운석을 멈추게 한다면."

내가 그렇게 말하자 사키도, "공감 한 표."라고 말하고 나를 가리켰다.

"현실적으로 생각하면, 운석을 멈출 수 없다는 것쯤은 나도 분명히 알고 한 말이라고. 하지만 꼭 그런 것만도 아니거든. 내가 말하고 싶은 건, 끝까지 살아갈 희망을 버리지 않겠단 거야. 아무리 위기 상황이 닥쳐도 나는 도망치고 싶지 않으니까."

"싸우겠다고, 운석하고?"

사키가 고개를 갸우뚱하며 물었다.

"그래, 나는 싸울 거야. 도망치지 않을 거라고, 절대로."

그렇게 말하고 다이키는 또 하늘을 우러러보았다.

"도통 무슨 말인지 모르겠네."

사키도 혼잣말처럼 중얼거리며 하늘을 올려다보았다.

나는 그 둘을 번갈아 보고는 하늘을 올려다보았다.

우리 셋은 그렇게 추위에 떨며 이야기를 나눴다. 그들은 영원히 내게서 사라지지 않을 존재이고, 취직을 해도, 결혼을 해도, 우리 세 사람의 관계는 영원히 변하지 않을 거라고 믿었다. 그때 본 별똥별처럼 그들이 한순간에 사라질 줄은 상상도 못했다.

그날 다이키는 말했다, "나는 도망치지 않을 거야."라고. 운석이 떨어진다 해도, 자신은 끝까지 살아남겠다고 했다. 다이키에게는 "삶을 버린다."는 말은 도망친다는 의미나 다름없었을지도 모른다. 그래서 나는 지금, 그가 말한 것처럼 도망치지 않고 존재하고 있는지도 모른다.

돌아오는 길, 깜깜한 밤길에 금방이라도 꺼질 듯이 희미한 가로등이 미덥지 못하게 밝혀져 있었다. 주변은 조용했고,

들리는 소리라곤 늦가을 밤 찬바람에 나뭇가지와 나뭇잎 흔들리는 소리뿐이었다. 우리는 미덥지 못한 가로등 불빛을 길잡이 삼아 집을 향해 걸어갔다.

"우리라는 존재를 새겨 두지 않을래?"

당돌하게 다이키가 불쑥 말을 꺼냈다.

잠시 침묵이 흐른 뒤, 내가 "존재?"라고 되묻고는 사키 쪽을 돌아보자, 사키도 "새겨?"라고 묻고 나를 보았다.

"그래, 새기자."

다이키가 얼굴 가득 미소 지으며 나와 사키를 보았다.

"새기다니, 낙서?"

내가 다이키에게 물었다.

"표현을 바꾸자면, 그런가?"

"난 싫어, 그딴 거. 들키면 혼나잖아."

사키가 다이키를 흘겨보며 투덜거렸다.

"괜찮아. 이런 시간에는 밖에 아무도 없으니까."

다이키는 그렇게 말하고 자신의 가방에서 노란 뚜껑 스프레이 캔과 초록색 유성 매직을 꺼냈다.

"야야, 너 아예 낙서할 준비를 해 가지고 온 거야?"

나는 그렇게 묻고 한숨을 쉬었다.

"아냐, 방금 생각난 거야."

"어느 누가 계획도 안 했는데, 스프레이랑 매직을 가지고 다닌다고 그래."

사키가 어이없다는 얼굴로 말했다.

"하 참! 나는 계획적으로 행동하는 인간이 아니라니까 그러네. 글쎄, 우연이라고, 우연."

다이키가 시치미 떼듯 그렇게 말해서, 내 눈에는 정말로 갑자기 생각나서 꺼낸 말 같았다. 하지만 미리 계획한 게 아닌가 싶은 의심이 들지 않는 것도 아니었다. 다이키가 미리 계산하고 때맞춰 말을 하는 건지, 아니면 갑자기 생각나서 말을 하는 건지 파악이 안 될 때가 많았다. 나는 그때마다 어느 쪽인지 아리송했다.

나와 사키는 마지못해 다이키를 따라가기로 했다.

우리가 낙서할 장소로 정한 곳은, 지금은 아무도 살지 않는 낡은 아파트였다. 한밤중인데도 여기저기 옥외등이 켜져 있어서 그 아파트의 분위기와 어울리지 않게 주위가 밝았다. 하지만 방금 지나온 길과는 다른 공기가 우리를 감쌌다.

"여긴 자살을 많이 하는 곳인데, 너희 둘, 알고 있었어?"

도착하자마자 다이키가 불쑥 내뱉었다.

"농담 그만해라."

사키가 조그만 목소리로 겁먹은 듯이 핀잔을 주었다.

"농담 아냐."

다이키가 정색을 하며 대꾸했다.

이곳에 대한 소문은 나도 들어서 알고 있었다. 얼마 전, 자살하는 사람이 많은 아파트라고 뉴스에 나온 뒤로 유명해진 곳이다. 그것도 대부분 우리와 비슷한 또래의 학생들이 많이 자살하는 곳이라고 했다.

"우리랑 나이가 비슷한 애들이 여기서 많이 자살해, 그래서 여기에 온 거야."

진지한 얼굴로 다이키가 말했다.

"왜?"

나는 다이키와 마찬가지로 진지한 얼굴로 물었다.

나는 묘하게 차분했지만, 사키는 내 팔을 꽉 잡은 채 간신히 버티고 서 있었다.

"여기에 살아 있는 존재를 새겨 놓으면 뭔가가 달라질 거라고 생각했으니까."

다이키는 잠시의 망설임도 없이 숨도 쉬지 않고 그렇게 대답했다.

"만일, 그게 아무 의미가 없다고 해도?"

"아무 의미가 없다고 해도."

다이키는 그렇게 말하고 아파트 외벽 한 면에 매직과 스프레이로 해바라기 그림을 그렸다. 예쁜 해바라기였다. 마침 다이키가 그린 해바라기에 옥외등이 비쳐서 내 눈앞에 선명한 그림이 펼쳐졌다. 그리고 우리는 어쩐 일인지 낙서 그림을 보면서 무의식과 만났다. 꺼끌꺼끌한 콘크리트는 차가웠다. 하지만 낙서 그림이 그려져 있는 곳에만 약간의 온기가 감돌고 있어서 우리는 눈을 감고 빌었다.

'한 사람이라도 더 살게 해 주세요.'

나는 눈을 뜨고 현실 세계로 돌아왔다. 그리고 앞으로 일어날 일에 대해서는 생각하지 않기로 했다. 왜냐하면 내가 살아 있는 모습으로 이 세상에 존재하듯 앞으로는 슬픔밖에 존재하지 않을 것이기 때문이다.

제 2 화

버스 안에서 생각했던 것은 마음속에서 작게 구겨서 버렸
다. 그것이 가장 산뜻한 해결책이었다. 그리고 나는 떠올리
고 싶지 않은 기억이 마음속에서 퍼져나가지 않도록 열심히
시시한 생각을 해 보려고 애썼다. 하지만 아무리 생각하려
고 애써도 도무지 떠오르지 않았다.

버스에서 내리자 찬바람이 나를 향해 휘몰아치듯 불어오
더니 이내 저 멀리 쌓인 눈을 공중으로 흩날렸다. 햇살이 조
금 비치긴 했지만 몹시 추웠다.

나는 가방에서 어머니가 그려 준 지도를 꺼내 들고, 그것
을 보면서 길을 찾아갔다.

유코 아주머니 집으로 가는 길은 온통 하얀 눈으로 뒤덮
여 있었다.

나는 차도인지 인도인지 분간할 수 없는 좁은 길을 천천히 걸어가다가, 군데군데 가드레일이 있는 것을 확인하고는 그 옆을 따라 걸었다. 하지만 차는 아예 다니지 않았고, 사람도 산책 나온 나이 든 부부 이외에는 눈에 띄지 않았다.

모두가 잠들어 버린 듯 새 울음소리와 바람 소리밖에 들리지 않는 이 마을에, 처음에는 불안했지만 걷다 보니 기분이 아주 좋아졌다.

새소리에 귀 기울이면서 걸어가자, 뭔가를 감추고 있는 듯이 양쪽으로 나무들이 빽빽이 서 있고, 그 한가운데에 두 줄기로 자동차 바퀴 자국이 난 눈길이 보였다. 그곳은 좌우로 늘어선 나무가 터널을 이루고 있어서, 나는 그 길에 난 두 줄기의 선을 선로 위를 따라 걷듯이 걸어갔다. 한참을 걸어가자 나무들이 뽑혀 나간 듯한 널찍한 빈터에 다다랐다. 나는 지도와 그곳을 세 번 견주어 보고 그제야 목적지에 다다랐음을 확신했다.

거기서 좀 더 걸어가자 눈이 치워진 길이 나왔고, 좌우는 밭인지 군데군데 눈이 녹아 소복이 올라온 땅과 채소인 듯한 것이 보였다. 그리고 정면으로 멀찍이, 당장에라도 와르르 쏟아지지 않을까 싶을 정도로 눈이 수북이 쌓인 지붕이 보였다. 처음에는 손바닥에 올려놓을 수 있을 정도로 작게 보였던 집은 다가갈수록 점점 커지더니, 바로 앞에 섰을 때는 대가족이 살 수 있을 만큼 훌륭한 집으로 보였다.

나는 그 집의 현관 벨을 눌렀다. 하지만 안에서는 아무런 반응도 없었고 벨소리만 울고 있었다. 잠깐 사이에 벨을 몇 번이나 눌러 봤지만 안에는 아무도 없는 것 같았다. 무심코 현관문을 살짝 밀었는데 열렸다.

나는 "안녕하세요."라고 말했지만 내 목소리는 아무 의미도 없는 듯 그대로 현관 천장으로 공기처럼 사라졌다. 아무렇게나 벗어 놓은 컬러풀한 슬리퍼가 어두컴컴한 실내에서 묘하게 색채를 띠었고, 현관에 장식된 너구리 인형이 재미있는 듯이 나를 바라보았다.

몇 번을 불러 봐도 응답이 없었기 때문에, 나는 마냥 기다리는 수밖에 없었다. 기다리는 동안 '기다린다'는 것은 매우 고통스러운 일이라는 생각이 들었다. 동시에 누군가를 기다린다는 것은 아주 행복한 일이란 생각이 들기도 했다. 지금 내가 기다리는 사람은 오직 한 사람 '유코'라는 여성뿐이다. 그리고 그 유코 아주머니를 만나고 나면 나는 더는 기다릴 사람이 없게 된다. 몹시 쓸쓸할 것 같은 생각이 들었다.

얼마 전까지, 나에게는 기다리는 사람이 있었다. 하지만 지금은 아무리 기다려도 오지 않는다. 앞으로도 하염없이 기다릴 뿐이다. 소리쳐 봐야 목소리도 가닿지 않는다. 그렇게 생각하자 마치 절망이 내 등을 핥을 수 있을 정도로 가까이 다가온 듯해서 공포가 밀려왔다.

"괜찮니?"

희미하게 목소리가 들렸다.

"우미토지?"

나는 어느새 현관에 앉아 있었다. 그 사실을 알아차렸을 때는, 내 눈앞에 남녀 둘이 서 있었다.

"그러니까 내가 뭐랬어! 눈은 오늘 오기로 한 남자애가 오면 치우자니까. 꽤 오래 기다렸을 텐데, 얼마나 추웠겠냐고."

남자 쪽이 나직이, 약간 싸우는 투로 말했다.

"그럼, 당신 혼자서 하면 좋았잖아. '이봐 유코. 추우니까 함께 눈 좀 치우자고.' 그렇게 말하니까 나도 마지못해 따라나선 거지 뭐."

"마지못해서라니, 당신 그런 마음으로 거들었단 말이야?"

"그럼, 그랬지. 난 여자니까 생각 좀 해 달라고."

"저, 저는 괜찮습니다."

나는 이 상황을 수습할 수 있는 건 나밖에 없다는 생각이 들어 둘의 말을 가로막고 나섰다. 안 그랬다면 한 시간이고, 두 시간이고 계속 싸울 기세였기 때문이다.

"미안하구나. 못 볼꼴을 보여서. 기다리느라 지쳤지?"

남자가 뒷머리를 긁적이면서 말했다.

"아닙니다, 기다리는 건 좋아하니까……."

내 말에 둘은 마주 보고 이상한 표정을 지었다.

"너, 기다리는 거 좋아해?"

"그게 그러니까, 지금까지는 그렇게 생각한 적 없었는데, 이렇게 사람을 기다려 보니까 좋아하는 것 같기도 하더라고요."

두 사람은 또 이상하다는 표정으로 내 얼굴을, 아니 내 눈을 진지하게 보았다. 그 눈은 내가 지금까지 만나 온 사람과는 사뭇 다른 눈이었다. 그 눈을 피한 순간 모든 것을 꿰뚫어 볼 것 같은, 아주 색다른 눈이었다.

대뜸 아주머니가, "너, 마음에 들었어." 하고 웃자, 아저씨도 "나도 마음에 들었어."라고 맞장구쳤다.

"너, 우미토 맞지? 나는 여기에 사는, 아니 여기 주인인,

아, 이 사람 이름은 유키야. 그러니까 내가 이 사람 아내인 유코야."

아주머니는 그렇게 말하고, "잘 부탁한다."라고 덧붙였다.

유코 아주머니는 어떻게든 잘 정리해서 말하고 싶어 하는 게 느껴졌지만 아주머니의 말은 정리해서 말하는 것과는 거리가 멀었다.

"우미토. 아무튼 추우니까 안으로 들어가자. 들어가서 네가 쓸 방도 안내해 줄게. 아 참, 뭐 물어볼 거 있니?"

아주머니의 질문은, 대체 뭘 먼저 묻고 싶은지 도무지 종잡을 수 없었다. 나는 우선, 한 가지 수정해 줬으면 하는 것을 말했다.

"제 이름은 우미토가 아니라 가이토입니다."

"방은 적당히 알아서 써, 그리고 난로에 등유가 들어 있지 않을지도 몰라, 아 참, 배고프지 않니? 그래, 쿠키 좀 구워야겠다. 아 참, 난로 등유는 남편한테 넣어 달라고 할 테니까 안심하고, 그리고 화장실은……."

유코 아주머니의 설명은 주입식이었다. 옷장 안에 마구마구 옷을 집어넣듯이 아주머니는 논스톱으로 이야기했다.

앞으로 내가 쓸 방으로 가는데 유키 아저씨가 나에게 푸념을 했다.

"나는 아직까지도 우리 개랑 착각당하고 사는 신세란다."

그러고는 한숨을 내쉬듯 웃었다.

"뭐 물어볼 거 있니?"

내가 아주머니의 말에 어안이 벙벙해 있는 사이에 이야기는 끝나고, 나는 무슨 뜻인지도 모르고 "딱히 없어요."라고 대답했다.

"그럼, 차 마시자. 난 물어보고 싶은 게 많거든."

아주머니가 그렇게 말하고 방에서 나가자 나도 허둥지둥 짐을 내려놓고 그 뒤를 따라 방을 나갔다.

복도는 조금 길고 바닥이 차가웠다. 복도 끝에서 오른쪽으로 돌아가자 거실이 나왔다.

"가이토, 거기 초록색 의자에 앉아. 지금 바로 따끈한 우유 내올게."

아주머니는 소를 키우는 이웃에게 얻었다며 병에 든 우유를 냄비에 부어 불에 올렸다. 우유가 데워지는 동안, 나는 아주머니에게 "나이는 몇 살이니?", "좋아하는 음식은 뭐야?" 등등, 몇 가지 질문을 받았다.

"아까, 기다리는 걸 좋아한다고 말하던데, 왜 좋아해?"

아주머니는 그렇게 묻고 우유를 머그잔에 따라 나에게 건넸다.

"아까 말씀드린 대로예요."

나는 그렇게 대답하고 우유를 마셨다. 따끈한 우유는 아주 달콤하고 부드러웠다.

"그래……."

잠시 둘 사이에 침묵이 흘렀다.

"넌 왜 여기에 올 생각을 한 거니?"

아주머니가 중얼거리듯 물었다.

"저도 잘 모르겠어요."

나는 아랫입술을 살짝 깨물었다.

"확실한 건, 지금 저는 아무것도 할 일이 없습니다. 학교도 그만뒀고, 친구도 없어요. 만나고 싶은 사람도, 저를 만나 줄 사람도 없고요. 단지 이 시간을 보내고 있을 뿐이에요. 그래서 저한테 변화가 필요하다고 생각했던 것 같습니다."

이야기하는 동안 손바닥에 촉촉하게 땀이 뱄다. 나는 천천히 바지에 땀을 닦았다.

"하지만 너한테는 가족이 있어. 아버지하고 어머니. 너를 필요로 하는 가족이잖아."

아주머니는 그렇게 말하고 우유를 마셨다.

"아버지와 어머니를 싫어하는 건 아닙니다. 그 동네를 싫어하는 것도 아니에요. 하지만 그곳에는 제가 도저히 지울 수 없는 과거가 있거든요. 제 마음을 지워 버릴 것 같은 과거가요."

"어떤 과거?"

"말하지 않는 게 좋을 거 같습니다. 앞으로 함께 지낼 건데, 아무래도 아주머니가 신경을 쓰실 거 같아서요. 전 아주머니가 그런 거 신경 쓰지 않으시길 바라거든요. 아주머니께서 저를 이상하게 보시지 않았으면 좋겠어요. 그런데 혹시 제 과거를 알게 되면 저랑 같이 지내는 동안 사소하게 오해가 있을까 봐 좀 두렵습니다."

나는 담담하게 말했다.

"네 생각이 잘못된 것 같구나. 어떤 과거인지 모르겠다만, 내가 네 말을 듣고 신경을 쓰거나 하는 일은 없을 거야. 게다가 나는 이야기를 듣는 건 좋아하지만, 이야기를 듣고 이상하게 생각하는 사람은 아니거든. 네가 무슨 이야기를 하든, 나는 객관적으로 들을 거야. 그러니까 모든 사람이 네

이야기를 듣고 너를 대하는 태도가 달라질 거라는 생각은
하지 않길 바란다."

아주머니는 머그잔 바닥을 응시하며 말했다.

"그럴 수도 있겠네요."

조금 사이를 두고 나는 아주머니의 말에 수긍했다.

"뭐 오늘은 첫날이고, 이제 막 만난 사람한테 다짜고짜 속
을 털어놓는 것도 쉽지 않겠지."

아주머니와 나는 의자 등에 몸을 기댄 채 창밖을 바라보
았다. 아직 저녁이 될까 말까 한 시간이지만, 해도 구름에
가려지고 눈발이 흩날리고 있어서인지 밤이라고 착각한 옥
외등이 불을 밝히고 있어서 조금 전까지 온통 하얗던 바깥
풍경이 오렌지 빛으로 물들어 있었다.

"이봐, 검정색 바지는 어디 있지?"

아저씨가 못마땅한 듯이 소리쳤다.

"검정색 바지라니, 대체 어떤 검정색 바지를 말하는 거
야?"

그렇게 대꾸하고 아주머니는 웃으며 복도로 사라지고, 나
는 남아 있던 우유를 홀짝 마셨다.

"좀 거들어 줄래?"

아주머니가 고타츠(상 밑에 전열기를 달고, 상을 이불로 씌워 놓은 난방 기구-옮긴이)에 들어가 있는 나에게 말했다.

"오늘 저녁에 스튜를 할 건데, 밭에서 배추 몇 포기 뽑아 오려고."

나는 서둘러 점퍼를 걸치고 아주머니 뒤를 따라 밭으로 갔다.

배추는 눈 속에 파묻혀 거의 보이지 않는 상태였다. 나는 쌓인 눈을 털어 내면서 배추를 찾았다.

"내일 오전부터, 너 일 많이 해야 돼. 그 일이란 게 바로 이 배추를 거둬들이는 거고."

아주머니는 가져온 부엌칼로 배추의 밑동을 잘라 놓았다.

"본격적으로 일하기 전에, 미리 연습을 좀 해 둬야겠지?"

그렇게 말하고 아주머니는 나에게 큼직한 배추를 두 포기 안겨 주고, 자신은 한 포기를 들었다. 배추가 얼마나 무겁던 지 한꺼번에 두 포기를 들고 갈 수가 없었다. 그래서 한 포 기씩 두 번에 나눠 집으로 날랐다.

"식물은 굉장히 섬세하지만, 또 그만큼 강하지. 우리가 상 상하는 것보다 훨씬 더."

"저는 아직 잘 모르겠어요."

"그렇겠지. 다만, 네가 알아 뒀으면 하는 게 있다."

"뭔데요?"

"여기서 '생명을 느낀다'느니 어쩌느니, 그런 생각은 안 했으면 좋겠어."

아주머니는 그렇게 말하고 현관에 놨던 배추를 거실 바닥으로 옮겨 놓았기 때문에 나도 부랴부랴 배추를 옮겨 놓았다.

"너는 좋아하는 꽃 있니?"

나는 잠깐 생각하고 나서 "해바라기요."라고 대답했다.

"그럼 좋아, 얘기하기가 쉬워지겠구나."

아주머니는 이야기를 계속했다.

"해바라기는 언뜻 태양만 있으면 살아갈 것 같지? 생각해 봐, 해바라기란 말이 태양이 있는 쪽으로 향한다는 뜻이잖아. 하지만 해바라기에게도 당연히 물이 필요하지. 근데 해바라기에는 물, 결국은 비지. 비가 있어야 하니까 구름이 필요하겠지? 하지만 구름은 태양을 가려 버리거든. 그래서 해바라기가 구름을 싫어한다고 생각하는 거야. 그런데 해바라기는 자신노 모르는 사이에 구름의 도움을 받고 실아가지.

또, 비가 없으면 태양이 공들여 키운 해바라기도 자라지 못할 테고."

아주머니는 이야기를 마치고, "설명이 서툴러서 미안하구나."라고 말했다.

"나는 사람이 상상을 좀 했으면 좋겠어. 칭찬받는 것과 혼나는 것, 사람들은 그 둘 중 아마 칭찬받는 걸 더 좋아하겠지. 하지만 인간은 칭찬만 받고는 성장할 수가 없거든. 때로 혼나기도 하기 때문에 인간은 해바라기처럼 하늘 높이 뻗어 나갈 수 있는 거지."

아주머니는 자신의 말에 흥 하고 살짝 코웃음을 쳤다.

"너는 무슨 말인지 알아듣지 못할 테지만, 나는 그렇게 생각한다."

그렇게 말하고 아주머니는 배추를 들고 부엌으로 사라졌다. 아주머니가 사라진 뒤에도 나는 혼자 현관에 앉아 있었다. 내 마음속에서 기억의 한 조각이 퍼져 나가고 있었다. 그것은 감미로운 기억이었다.

"야, 시간 있냐?"

중얼거리듯 다이키가 나에게 말했다.

"보면 몰라? 우리 셋 다 한가하잖아."

다이키의 호출로 우리 셋은 집 근처 공원에 모였다.

우리는 풀이 복사뼈쯤까지 오는, 말끔하게 정돈된 풀밭에 앉아 그저 의미 없이 시간을 흘려보내고 있었다.

"보통 그렇게 계획도 없이 불러내나?"

사키는 조금 화난 듯이 툴툴거리며 풀을 쥐어뜯었다.

"뭐 좋잖아, 가끔은 이런 시간도."

그렇게 대꾸하고 다이키는 나와 사키의 어깨를 툭툭 쳤다.

"아 진짜! 불러내는 건 좋은데, 불러낸 당사자가 지각하는 게 맘에 안 든다고."

"맞아, 그리고 저번에 너 따라서 낙서하고 집에 늦게 들어가는 바람에 아빠한테 혼났단 말이야. 너, 우리 아빠한테 설교를 좀 들어야 하는데."

"뭐, 좋았잖아. 그리고 낙서하고 뿌듯해서 집에 갔으면서."

"그렇긴 하지만……."

사키가 한숨을 내쉬었다.

"뭐냐, 그 한숨은?"

다이키가 이상한 듯이 물었다.

"뭔가, 다르다는 생각이 들었어. 그 낙서, 해바라기 그림이었잖아? 근데 내가 만약 자살하려는 순간 그 해바라기를 본다면, 왠지 더 비참해지지 않을까 싶은 생각이 들어서."

사키는 깊은 바닷속을 들여다보는 것처럼 슬픈 듯한, 안타까운 듯한 눈빛으로 나와 다이키에게 말했다.

"다이키 넌, 어떻게 해바라기를 그릴 생각을 한 거야?"

사키의 질문에 다이키는 신음하듯 흐음 하고는 대답했다.

"딱히 무슨 생각을 한 건 아니고. 그때 그릴 때도 말했지만, 해바라기 그림 하나로 모든 자살을 막아 보겠다고는 생각 안 해. 어쩌면 한 사람도 못 구할지도 몰라."

"무의미한 건가, 역시."

내가 중얼거리듯 말하자 다이키가 말을 이었다.

"그렇진 않아. 나는 세상을 바꾸겠단 생각 같은 건 안 해. 왜냐하면 지금 당장 눈앞에 있는 사람 하나도 구하지 못하는데 모든 사람을 구한다는 건 절대로 불가능하니까. 나는 앞으로도 낙서는 계속할 생각이야. 이 작은 세상에서, 나 혼자 계속 낙서를 하다 보면 어쩌면 딱 한 사람은 구할 수 있을지도 모르잖아. 그리고 그 다음에도 계속 딱 한 사람씩 구할 수 있을 거고."

다이키의 얼굴이 진지해졌다.

"낙서는 계속해 나갈 거야. 그리고 그 마음은 변하지 않을 거고."

선언하듯이 그렇게 말했다. 그러고는 "모두가 의식하고 낙서를 해 나간다면 두려울 거 없어."라고 자신을 납득시키려는 듯이 말하고 웃었다.

"그럴지도 모르지."

내가 그렇게 중얼거리자 사키도 똑같이 중얼거렸다.

"내가 이래 봬도 많은 생각을 하고 있걸랑."

"너의 그 생각하는 능력을 계획하는 거나 공부에 좀 살려 보지 그래?"

"맞는 말씀."

내 말에 사키가 웃으며 맞장구쳤다.

"사소한 일에 신경 쓰면 그릇이 큰 남자가 못 되거든."

다이키는 무시하듯이 그렇게 받아쳤다.

"게다가 오늘은 사키 생일이잖아?"

다이키의 말에 나는 잠시 생각이 멈췄다. 생일?

"아, 깜빡했다."

나는 엉겁결에 웃음을 터뜨렸다.

11월 3일. 오늘은 사키의 생일이있다.

"설마, 기억하고 있었던 거야?"

사키는 지금까지 나눈 대화가 거짓말이었던 양 기쁜 듯이 웃었다.

덤벙거리고, 만사 귀찮아하는 다이키가 다른 사람의 생일을 충실하게 기억하고 있다는 것이 신기했다.

"너 대단하다. 너답지 않게 산뜻한 계획이야."

나는 다이키의 어깨를 툭툭 쳤다.

"아니 그게, 오늘은 우리 개 다로가 죽은 날이거든, 그래서 지금 막 동시에 기억난 거야."

다이키는 그렇게 말하고 웃었지만 그 말은 바늘로 비눗방울을 찌른 것처럼 웃음까지도 지워 버렸다.

"이 바보!"

사키는 공원이 쩌렁쩌렁 울리도록 소리치고는 우리에게서 등을 홱 돌리고 앉았다.

내가 씁쓸하게 웃으며 고개를 돌리자, 다이키는 무표정하게 조그만 목소리로 중얼거렸다.

"내가 이상한 말을 한 건가?"

"넌 암튼, 진짜 도움이 안 돼."

제 3 화

달콤한 기억이 사라지자 내 마음은 왠지 모르게 쓸쓸해졌다.

"이걸로 끝이야."

나는 거실 바닥에 있는 배추를 들고 부엌으로 갔다.

"고맙다, 스튜가 다 될 때까지 쉬고 있어."

아주머니가 그렇게 말했지만 나에게는 왠지 먼 산에서 들려오는 소리 같았다.

고타츠에 들어가 천장 한쪽 구석을 멍하니 바라보았다. 그리고 사키와 다이키의 기억은 이것이 마지막이라고 생각했다. 더 많은 기억이 있을 테지만 이제 내 손바닥 안에는 아무것도 남아 있지 않았다. 그리고 그제야 깨달았다. 셋이서 그토록 오랫동안 함께 지낸 나날들이 나에게는 기억의 일부일 뿐이란 것을. 그것도 사춘기의 한 점에 지나지 않다는 것을. 그리고 생각했다. 앞으로 내가 살아가는 동안 몇 번이나 그들을 떠올리며 쓸쓸해할까.

눈을 뜨자, 팽팽하게 실을 잡아당긴 듯한 햇살이 커튼 사이로 새어 들어왔다. 빛나는 그 햇살 속에서 공중에 떠다니는 먼지가 반짝반짝 빛났다.

나는 이불 속에서 몸을 일으키고 주위를 둘러보았다. 유코 아주머니의 집에 온 것까지는 기억이 났지만 왠지 더는 생각나지 않았다.

당장이라도 터질 듯이 햇살을 가득 품은 커튼을 젖히자, 나를 기다리고 있었던 듯 아침 햇살이 쏴 방 안으로 쏟아져 들어왔다. 매우 눈이 부셔 나는 그만 눈을 감고 말았다. 그리고 잠시 그대로 있다가 눈이 빛에 익을 무렵 천천히 눈을 떴다. 밖에는 쌓인 눈이 햇살을 받아 반짝반짝 빛나고 있었다. 어제까지 무서울 정도로 내려 쌓였던 눈이 절반 가까이 녹아 있었다.

"일어났니?"

뒤에서 목소리가 들렸다.

돌아보니 어느새 아주머니가 내 뒤에 서 있었다.

"예쁘지?"

아주머니의 머리칼은 햇살을 받아 갈색으로 빛났고, 앞치마의 곰 그림이 나를 뚫어져라 보고 있었다.

"그러네요. 아주 예쁜데요. 그리고 어제와 다르게 날씨도 좋고요."

"그렇지? 이렇게 날씨가 좋은 것도 참 오랜만이야."

아주머니는 옆에 서서 눈부신 듯이 나를 보았다.

"저, 제가 어제……."

"기억 안 나? 너 어제, 고타츠에서 잠들었잖아."

왠지 불만스러운 듯이 말했다.

"큰맘 먹고 맛있는 스튜를 했는데, 글쎄 네가 잠이 들었지 뭐니. 깨우려고 했더니 유키가 그러잖아, 기분 좋게 자고 있으니까 깨우지 말라고."

말하면서 찡그리는 아주머니의 얼굴을 보고, 또 유키 아저씨와 싸웠구나 하고 생각했다.

"죄송합니다. 기억이 안 나요. 이런저런 생각을 하다가 그만 잠이 들어 버렸나 봐요."

"……생각?"

잠시 침묵이 이어졌다.

"별거 아니에요. 배고픈데 스튜 좀 먹어도 될까요? 전, 하룻밤 지난 스튜를 좋아하거든요."

그렇게 말하고 나는 웃었다. 그 웃는 얼굴이 보기에 썩 좋지 않았을지도 모른다.

아주머니가 방을 나간 뒤 나는 다시 밖을 내다봤다. 그러고는 옷을 갈아입고 부엌으로 갔다.

부엌에 들어가자, 아저씨는 식탁 앞에 앉아 있고, 아주머니는 상을 차리고 있었다.

"안녕히 주무셨어요."

내가 인사하자 아저씨가 웃는 얼굴로 "푹 잤나 보구나." 하고 받아 주었다.

"기분 좋게 자는 것 같더구나. 그래서 깨우지 않고 그대로 방으로 옮겨서 재운 거야."

머그잔에 든 커피를 마시면서 아저씨가 말했다.

"죄송합니다. 고타츠란 게, 원래 그렇게 빨려 들어가듯이 잠이 오는 건지……."

"맞아, 나도 고타츠에 들어갔다 하면 금세 잠이 들어 버리더라고."

그렇게 말하고 아주머니는 내 앞에 커다란 오목 접시에 담은 스튜와 롤빵 세 개를 놓아 주었다. 잇따라 음식이 나왔다. 그 양이 엄청났다.

"오늘은 체력을 아주 많이 쓸 거니까, 많이 먹어 둬."

"이렇게 많이 먹을 수 있을까 모르겠어요……."

엄청난 양의 음식을 보자 머리가 아찔해지면서 보기만 해도 배가 불러 오는 것 같았다. 하지만 나는 어떻게든 다 먹으려고 숟가락을 들었다.

스튜를 떠서 입으로 가져갔다. 크림 맛 뒤에 오는 아련한 단맛이 내 혀를 자극했다. 당근이며 배추 건더기도 먹고, 빵도 곁들여 먹었다.

나는 그때부터 스튜를 다 먹을 때까지 한 번도 숟가락을 놓지 않았다. 어제부터 아무것도 먹지 않았다고는 해도 지나치게 많이 먹는 게 아닌가 싶기도 했지만 당기는 식욕을 막을 수는 없었다.

"꽤 많이 먹네. 이렇게 맛있게 먹어 주면 만드는 사람도 흐뭇하지."

나는 차려 준 음식을 깨끗이 비운 뒤, 식후에 나온 따뜻한 우유를 천천히 마시며 그 맛을 즐겼다.

"얼마나 맛있던지 숟가락을 놓을 수가 없었어요."

"들었어? 지금 한 말."

아주머니가 아저씨를 째려보듯 하며 다그쳤다.

"뭐야, 그 눈은? 분명히 나도 '맛있다'고 말했을 텐데."

"글쎄. 당신 말에는 마음이 담겨 있지 않았다고."

그때부터 둘은 싸우기 시작했다.

수없이 말이 오가며 끝나지 않을 것 같은 싸움이 계속됐다. 나는 싸움을 말리는 것이 귀찮아서 우유를 마시며 아주머니와 아저씨를 바라보고 있었다. 용케도 이렇게 싸움의 씨앗이 있구나 싶을 정도로 둘은 수없이 씨앗을 뿌려 댔다. 그렇게 뿌린 씨앗을, 어느 한쪽이 모이를 찾는 새처럼 주워 삼키는 되풀이였다.

나는 어떤 사실을 깨달았다. 상대에 대해서 자세히 알지 못하면 싸움을 할 수 없다는 것.

옛날의 실수, 어느 때의 생각, 무심결에 던진 무수한 싸움의 씨앗들은 그만큼 상대와 함께 감탄과 실수를 공유했다는 증거인만큼 오랫동안 서로 옆에 있지 않고서는 알 수 없는 것이라는 생각이 들었다. 만일, 지금 내가 그 둘과 어떤 이유로 싸우게 된다 해도 나는 할 말이 아무것도 없을 것 같았다. 설사 말을 할 수 있다 해도 누구에게나 할 수 있는 말뿐일 것이다. 왜냐하면 나는 이 두 사람과 함께한 시간이 절대적으로 적기 때문이다.

두 사람이 싸우면서 주고받는 말 속에는 오랜 '시간'이 함축되어 있는 거다.

배추를 거둬들이는 일은 생각했던 것보다 훨씬 고된 작업이었다. 작업은 아주머니가 배추 밑동 부분을 잘라 놓으면, 그것을 나와 유키 아저씨가 각자의 손수레에 실어 집 뒤에 있는 오두막으로 나르는 것이었다.

배추를 손수레에 싣고 오두막까지 나르는 작업은 초보자인 나에게는 여간 어려운 일이 아니었다. 처음에는 적당한 양을 가늠하지 못하고 너무 많이 싣는 바람에 산더미처럼 쌓은 배추를 몇 번씩 떨어트리며 날랐다.

"한꺼번에 그렇게 많이 실으면 힘드니까, 조금씩 천천히 날라. 안 그러면 금세 지친다."

아저씨가 가뿐하게 손수레를 끌고 지나가면서 웃었다.

그 뒤로는 싣는 양을 줄여서 수월할까 싶었지만, 이번에는 균형 잡고 수레를 끄는 것이 쉽지 않았다. 결국 오전 중에는 조금씩 찔끔찔끔 나를 수밖에 없었다.

"수고했어. 점심 먹자."

아주머니가 집 앞에서 부르자, 옆에 있던 아저씨가 나에게 "가자."라고 말했다.

"어때, 할 만하냐?"

"생각보다 힘들어요. 가벼운 잎이 한 장 한 장 모여 있는 건데, 왜 그렇게 무거운지, 참 이상해요."

나는 금방 떨어질 듯한 이마의 땀을 닦으며 그렇게 대답했다.

"뭐, 금방 익숙해질 거다."

아저씨는 내 어깨를 가볍게 두드렸다.

집에 들어가자 식탁에 아침에 먹었던 스튜와 그 옆에는 주먹밥이 산더미처럼 쌓여 있었다. 그것들을 아침과 다름없는 식욕으로 먹는 내 모습에 아주머니는 또다시 아주 흐뭇해했다. 게걸스럽게 먹고 있는데 옆에 있던 아저씨가 텔레비전을 켰다.

"어젯밤 11시쯤, 차 안에서 남녀 다섯 명이 연탄불을 피워 놓고 자살을……."

텔레비전에서 아나운서의 목소리가 나오자 밥을 먹던 내

손이 저절로 멈춰졌다.

"또야……."

맞은편 자리에 앉은 아저씨가 투덜거렸다.

"또라뇨?"

"몰랐어? 요즘 세계적으로 자살하는 사람이 늘어나는 모양이더라. 그것도 젊은 세대, 특히 고등학생쯤 되는 아이들이 말이지."

아저씨는 한숨 섞어 그렇게 말했다.

나는 요즘 전혀 텔레비전도 신문도 보지 않았기 때문에 모르고 있었다.

"원인이 있어요?"

나는 아저씨에게 도움을 청하듯 물었다.

"딱히 원인 같은 건 없는 모양이더라. 뭐라고 해야 하나, 유행 같은 거지. 누가 자살을 하면 생각난 듯이 사람들이 죽음을 향해 가는 거야. 그게 이번에는 꽤 심각한 모양이더라."

조그만 텔레비전 화면 속에서는 아나운서가 담담하게 소식을 전하고 있었다.

그것이 내 마음속에 조그만 씨앗이 되었다.

오후에는 점점 일에 익숙해졌다. 게다가 요령이란 걸 터득한 덕분에 배추 거둬들이는 작업은 착착 진행되었다. 나는 일에 몰두했다.

"이게 마지막이네."

아주머니는 신음하듯 내뱉고는 배추를 베어 수레에 실었다. 그리고 기지개를 쭉 켰다.

"수고했다. 이제 다 끝났어. 그럼, 차 마실까?"

"그럴까?"

뒤에 서 있던 아저씨도 기지개를 켰다.

"저, 산책 좀 하고 와도 될까요? 잠깐이면 돼요."

"안 될 건 없지만, 추울 텐데?"

아주머니가 코를 훌쩍거리며 말했다.

"아니에요, 말이 산책이지 그냥 주변을 둘러보러 가는 것뿐이에요. 그리고 아주머니가 주시는 따끈한 우유는 꼭 마시고 싶으니까, 금방 돌아올 거예요."

흐뭇한 표정으로 웃던 아주머니는, "데워 놓고 기다릴게." 라고 말했다.

나는 마지막 배추를 수레에 싣고 오두막으로 향했다. 오두막에는 바닥에 깔린 파란 돗자리 위에 배추가 여기저기 놓여 있어서 빈 곳을 찾아 배추를 내려놓았다.

그때 어떤 물건이 내 눈에 들어왔다.

노란 스프레이 통.

나는 무의식적으로 그것을 들고 걷기 시작했다. 낮에 들은 텔레비전 아나운서의 말이 계속 머릿속에서 맴돌았다. 나는 오두막 옆에서, 한 사람이 겨우 지나갈 수 있을 정도로 좁은 길을 발견하고 별 생각 없이 그곳으로 들어섰다.

조금 걸어가자 세 갈래로 갈라진 길이 나왔다. 그중 가운데 길로 똑바로 걸어가자 커다란 간판이 하나 서 있었다.

'당신을 소중히 여기는 사람이 있죠? 그 사람에게 얘기해 보세요. 분명 새로운 길이 보일 거예요.'

나는 잠시 그 간판을 바라본 뒤, 다시 아까 그 갈림길로 되돌아와 다른 두 길에도 가 보았다. 거기에도 똑같은 간판이 있었다.

다시 분기점으로 돌아오자 마음속에 구멍이 뻥 뚫린 것 같았다. 그 뉴스를 들을 때부터 그랬던 것 같다.

"너, 수업 시간에 대체 뭐 듣는 거야?"

"뭐 듣긴, 선생님 말씀 듣지."

시험을 일주일 앞두고 우리는 학교 도서실에 모여 공부하고 있었다.

"그런데 왜 이런 문제도 못 풀어? 너 수업 제대로 안 듣지?"

사키의 미간에 주름이 잡혔다.

"듣고 있거든."

"거짓말. 너는 수업 시간에 항상 건성이야."

수학 문제를 풀던 내가 둘의 대화에 끼어들었다.

"과연 가이토. 역시 시야가 넓다니까."

"야, 그런 소리 말고 얼른 문제나 풀어."

사키가 다이키의 머리를 탁 때렸다.

"왜 그래. 난 진지하게 하고 있거든. 그보다 네가 가르치는 방법이 서투른 거 아니고?"

"너, 사람 열 받게 하는 데는 천재구나. 일부러 너 낙제점 면하게 해 주려고 가르쳐 주는 거 아니거든."

"그럼, 뭐 때문인데?"

"너, 설마 잊은 거야?"

사키의 말투는 어이없어 하는 것 같기도 하고, 화난 것 같기도 했다.

"네가 그랬잖아, 새로 낙서할 곳을 발견했는데 꼭 가고 싶다고. 그것도 지금 당장. 거기가 먼데도 말이지. 그러니까, 이번 시험을 통과하지 못하면 당분간은 보충수업 들어야 하니까 갈 수 없잖아."

"이야. 꽤 진지하게 생각했구나."

다이키는 기쁜 듯이 웃었다.

"계속하는 데 의미가 있다고 말한 게 누군데 그래. 그래서 나도 거들려고 하는 거 아니냐고."

사키는 멋쩍은 듯이 그렇게 쏘아붙였다.

"네 말에 감동한 내가 잘못이지, 어쩌겠냐."

그러고는 다이키에게 다시 공부를 가르치기 시작했다.

"고맙다. 나 열심히 할게. 근데 그렇게 말해 놓고, 혹시 너희 둘이 낙제점 받으면 어쩌냐."

"닥치고 공부나 해라."

나와 사키의 목소리가 도서실 안에 울려 퍼졌다.

학교에서 돌아오는 길에 우리는 늘 가던 공원에 들르기로 했다. 셋 다 공부하느라 지쳐서 잠시 쉴 생각이었다.

"너는 공부도 제일 안 하면서, 쉬는 건 왜 일등으로 좋아하는데?"

"그럼 어때서? 다른 때보다 열심히 하고 있잖아. 잔소리 좀 하지 마라."

다이키는 그렇게 말하고 사키의 치마를 홱 들치고는 냅다 도망쳤다.

사키는 얼굴이 붉어지더니, 곧바로 "야, 너 까불래!" 하고 불같이 화를 내며 다이키의 뒤를 쫓아갔다. 무서운 속도로.

그때 나는 둘을 화해시키지도 않고 그냥 바라만 보고 있었다. 그것 때문에 나중에 후회하게 될 줄도 모르고.

둘은 나와 10미터쯤 떨어진 곳에서 다퉜다. 평소와 다르게 심하게 다투고 있었다. 그때 남자 한 명이 무서운 기세로 둘에게 가서 부딪치더니 웬일인지 멀찍이 있는 내 얼굴을 확인하고 쳐다보고는 도망치듯이 왔던 길로 사라졌다.

나는, 왠지 이상하다 싶어서 종종걸음으로 둘이 있는 곳으로 갔다.

찬바람이 내 얼굴을 콕콕 찔렀고, 등줄기에는 오싹 한기가 퍼져 나갔다. 하지만 그 한기는 추위와는 상관없는 것이었다. 그때 갑자기 뒤에서 여자의 비명이 들렸다.

"구급차!"

누군가 소리쳤다. 구급차? 왜? 나는 무슨 일이 일어났는지도 깨닫지 못한 채 그 자리에서 의식을 잃었다.

정신이 들었을 때는, 나는 병원 침대에 누워 있었다.

아버지와 어머니가 옆에 앉아 있었다.

나는 기운이 없었지만 일어나서 둘에게 물었다.

"다이키랑 사키……. 다이키랑 사키……."

하지만 나는 더는 말을 잇지 못하고 멈췄다.

잠시 동안, 침묵이 주위를 지배했다. 그리고 그 침묵을 깨듯 아버지가 말을 꺼냈다.

"순식간에 괴한이 그 애들을 덮쳐서……."

아버지는 거기까지 말하고 잠시 입을 다물었다.

"모두들 살려 내려고 갖은 애를 다 썼다만, 출혈이 너무 심해서……."

"그래서요?"

"어쩔 수 없었다."

중얼거리는 듯한 아버지의 말이 신호인 양 어머니가 울음을 터뜨렸다. 나는 어머니가 참 뻔뻔하다고 생각했다.

나는 아직 울지도 못하고 있는데, 아니, 눈물조차 나오지 않는데.

나는 모든 간판에 노란 스프레이로 낙서를 했다. 그날처럼 온통 해바라기를 그렸다. 나는 기억을 더듬어 방금 그린 그림과 다이키가 그린 그림을 견주어 봤다. 내 그림은 다이키의 그림만은 못한 것 같았지만 나름 만족스러웠다. 나는 잠시 그 그림을 보면서 내가 잃은 것에 대해 생각했다.

그것은 잃어버리기에는 너무 큰 것이었다. 앞으로도 계속 이어졌을 둘과의 관계, 그리고 둘과의 추억. 그것들을 순식간에 깡그리 빼앗기고 이제 슬픔만 남았다.

그것은 이 해바라기 그림으로도 지울 수 없는 깊은 슬픔이었다.

그리고 나는 그 슬픔을 이기지 못하고 한 달 전, 나이프로 손목을 긋고 말았다.

제 4 화

"장에 갔다 올게."

아주머니가 내 어깨를 가볍게 툭툭 치고 맑은 목소리로 말했다.

"아무래도, 오늘까지만 날씨가 좋을 모양이다. 앞으로 당분간은 눈이 온대. 그래서 오늘 식료품이랑 떨어진 것들 좀 사 오려고."

아침밥을 먹고, 나는 방으로 돌아와 창밖을 내다보았다.

"어제, 배추 다 거둬들이길 잘했네."

나는 배추가 있던 곳을 내다보았다. 그곳은 털 깎인 양이 속살을 드러내듯 고운 흙이 얼굴을 드러내고 있었다.

이렇게 다시 보니 밭이 아주 널찍했다.

"저, 저도 따라가도 될까요?"

"어디?"

"어디라뇨, 장 보러 가실 거 아니에요?"

아주머니는, "아 참!" 하고 내 어깨를 탁 때렸다.

"그래. 함께 갈래? 남자가 옆에 있으면 여러 모로 도움이 될 테니까."

그렇게 말하고 아주머니는, "물리면 도와줘."라고 덧붙였다.

나는 잠깐 생각하고 나서 "뱀한테요?"라고 물었다.

"그게 무슨 말이니? 내 말은, 젊은 남자가 귀찮게 굴면 도와 달라는 거야. 내가 한 인물 하잖아."

아주머니는 진지한 얼굴로 그렇게 말했다.

"그러면 큰일이죠."

나도 진지하게 대꾸했다.

"그럼, 바로 나갈 거니까 준비하고 나와."

아주머니는 그렇게 말하고, 내가 잘 모르는 노래를 흥얼거리며 방을 나갔다.

나는 좀 얇은 옷을 입고 있었기 때문에 그 위에 옷을 하나 더 걸쳐 입고, 작은 가방에 필요한 것들을 챙겨 넣었다.

며칠 전, 간판에 그렸던 낙서 그림을 떠올렸다. 어쩐지 요즘 일이 아닌 것 같았다. 다이키와 사키와 함께했던 기억의 일부인 것 같았기 때문이다. 생각한 것을 낙서에 담아 봤지만 그 정도로는 성에 차지 않았다. 그래서 나는 그날부터, 산책을 핑계 삼아 여러 곳으로 범위를 넓혀 가며 조금씩 낙서를 하고 있었다. 노란 스프레이를 새로 사려고 생각하던 참이어서 아주머니가 장 보러 간다는 말을 듣고, 마침 좋은 기회라고 생각했다.

나는 서둘러 준비하고 나갔다.

"가이토도 장 보러 가는 거냐?"

아저씨는 고타츠에 다리를 넣고 귤을 까먹고 있었다.

"네. 저도 볼일이 좀 있어서요. 그리고 아주머니가 물리면 안 되니까요."

내가 그렇게 말하자, 아저씨는 흥 하고 코웃음을 치고는 가운뎃손가락으로 볼을 긁었다.

"물리다니, 뱀 같은 거에?"

"아, 아쉽게도 틀렸군요."

"그럼, 문어나 오징어 같은 건가?"

아저씨는 아주머니가 나올 때까지 계속 그렇게 중얼거렸다.

"자, 가자."

아주머니가 종종걸음으로 현관을 향해 갔다.

"버스 타고 갈 거니까, 서둘러."

아주머니는 재빨리 신발을 신고는 그 자리에 서서 발을 동동 구르고 있었다.

"버스 운행 시각, 바뀌었잖아."

아저씨가 어이없다는 듯이 말했다. 그 말을 들은 아주머니는 손목시계를 보더니, "아 참, 그랬지." 하고 스스로도 우스웠던지 혼자서 큭큭큭 웃었다.

"딱 지금 나가면 돼. 참 내, 상태가 저러니 오히려 가이토한테 유코를 부탁하는 편이 안심이 되겠군."

"미안하네요. 상태가 이래서."

아주머니는 아저씨를 째려보듯 하며 그렇게 쏘아붙이고는 나에게 장난하듯이 말했다.

"잘 부탁합니다."

"그럼, 부탁한다 가이토. 뱀 조심하고."

아저씨의 말에 나는 대꾸할 말이 없어서 억지로 웃어 보였다.

버스 정류장에 도착하자마자 우리를 맞으러 오기라도 한 듯 딱 맞춰 버스가 왔다. 버스에 올라탄 아주머니와 나는 30분 정도 흔들리며 갔다.

목적지인 시내는 사람들이 요구하는 가게를 전부 박아 넣은 듯이 온갖 것이 다 갖춰져 있었다. 그리고 그런 곳을 사람들이 답답한 듯이 걷고 있는 것처럼 보였다. 나는 그런 모습을 보는 것만으로도 몹시 피로가 느껴져 심호흡을 하고는 버스에서 내렸다.

넘쳐날 듯한 사람들, 그리고 소리들. 나는 그런 것들 때문에 고통스러웠다. 무엇 때문에 이렇게 왁자한지, 도무지 그 까닭을 알 수가 없었다.

"저 백화점에 갈 거야."

앞에 있던 아주머니가 돌아보고 커다란 몸짓을 하며 말했다. 나는 고개를 끄덕이고 아주머니를 뒤따라갔다.

백화점 안은 바깥보다는 조용했지만, 그래도 나에게는 소란스럽게 느껴졌다.

커플의 즐거운 웃음소리. 아이를 나무라는 어머니와 우는 사내아이……

내가 지금까지 살아오면서 수없이 보고, 듣고, 느꼈던 감각이 모두 응축되어 있는 것 같았다. 하지만 나는 금세 그것들이 견디기 힘들어졌다. 온몸에서 힘이 빠져나가고, 그리고 토할 것 같았다.

"괜찮니?"

나는 떠밀리듯 하며 아주머니의 뒤를 졸졸 따라다녔다. 어느새 아주머니는 쇼핑을 마쳤다.

"괜찮아요. 그보다 화장실에 좀 갔다 와도 될까요?"

아주머니는 고개를 끄덕이고는, "여기서 기다릴게."라고 말했다.

나는 화장실 쪽으로 가긴 했지만 그대로 화장실 앞을 지나쳐 노란 스프레이 파는 곳을 찾아다녔다. 백화점 한쪽 구석에 내가 찾던 것이 있었다.

노란 스프레이. 나는 그것을 손에 쥐었다. 옆에 있던 초록색 매직도 손에 들었다. 그리고 서둘러 계산대로 가서 값을 치렀다.

"감사합니다."

누구에게나 하는 점원의 그 말이, 지금의 나에게는 왠지 기쁘게 느껴졌다.

아주머니와 나는 나란히 버스 정류장에 서 있었다.

"오랜만에 이런 데 와서 그런지, 저한테는 자극이 너무 강했나 봐요."

살짝 웃으려고 했지만 너무 지쳐서 웃음조차 나오지 않았다.

"그랬구나. 그럼 빨리 집에 가자. 조금 있으면 버스가 올 거 같은데."

아주머니는 흘겨보듯이 손목시계를 보았다.

"왜 그럴까요?"

중얼거리듯 그렇게 내뱉자마자 몹시 슬퍼졌다.

"괜찮아. 나도 이런 데 오는 게 썩 익숙하지는 않아."

아주머니는 그렇게 말하고 웃었다. 그 웃는 얼굴에는 한 점 그늘도 없었다. 웃는 얼굴의 견본으로 교과서에 실릴 수 있을 만한 멋진 얼굴이었다. 그 웃는 얼굴은 내 기억에 강한 인상으로 남을 것 같은 느낌이 들었다.

"버스 왔다."

아주머니가 말했다.

올 때와는 아주 딴판으로, 이번에는 많은 사람이 흘러 들어가듯이 버스에 올라탔다. 나와 아주머니는 줄 맨 앞에 서 있었기 때문에 자리를 잡을 수 있었다. 그리고 잠깐 동안, 답답한 차내에서 흔들리며 앉아 있었다. 처음에 버스에 탔던 그 많은 사람들이 집으로 가는 동안 하나둘씩 내리자 버스 안에는 나와 아주머니, 그리고 뭣 때문에 심통이 난 건지 아니면 원래 그런 얼굴인지 알 수 없는 중년 남자 한 명밖에 남지 않았다.

"피곤하지?"

아주머니가 나에게 고개를 돌리고 말했다.

"네. 저는 아주머니 댁에 온 지 얼마 안 돼서 잘 모르지만, 그렇게 한적한 곳에 사시니까 북적대는 시내에 나가시면 힘들지 않으세요?"

"그럼, 힘들지."

아주머니는 미소를 띤 채, 천천히 눈을 깜빡거리면서 한 번 더 "힘들어."라고 말했다.

"하지만 여기는 내가 좋아서 온 거야."

창 쪽에 앉아 있던 아주머니는 밖을 내다보았다. 창에 비친 아주머니의 얼굴은 기분 좋게 추억의 한 조각을 더듬고 있는 듯했다.

"난 말이야, 마음을 충전할 데를 찾으러 여기에 왔거든."

그렇게 말을 꺼낸 아주머니는, 그 말이 스위치가 되었던지 줄줄 이야기를 뽑아내기 시작했다.

"난 어릴 때부터 부모님이 안 계셨어. 그래서 외할아버지 외할머니 손에 자랐지."

나는 조금 놀랐지만 끼어들지 않고 이어지는 말을 듣기만 했다.

"외할아버지하고 외할머니도 나한테 이상하게 정을 많이 주셨어. 나도 그 두 분이 정을 듬뿍 주셔서 참 행복했고. 이웃 사람들도 나한테 부모님이 없다는 걸 알고 있었기 때문에 요모조모로 참 많은 도움을 줬지. 모두들 나한테 애정을 쏟아 주셨어. 참 배부르다, 싶을 정도로."

아주머니는 그렇게 말하고 내 쪽을 돌아봤다.

"그런데 있지, 어쩐지 외롭더라. 모두들 아무리 애정을 쏟아 줘도, 난 역시 뭔가가 부족했던 거야. 하지만 저 외롭습니다, 그렇게 말할 순 없었어. 말하면 모두를 배신하는 거니까. 그래서 앞으로도 쭉 말하지 말자고 맘먹었지. 나만 참으면 되는 거니까. 그것 말고는 모든 게 완벽했거든."

아주머니는 내가 지금까지 봐 온 그 어떤 슬픈 얼굴보다도 가장 슬픈 얼굴이었다. 그 얼굴을 본 나는 대꾸할 말을 잃고 말았다.

"그래서 난, 내내 그걸 마음속 깊은 곳에 감춰 뒀어. 그럼 괜찮을 줄 알고 말이지. 그리고 다른 사람이 내 속마음을 알아차리지 못하도록 철저하게 숨기고 살았어. 그랬더니 무슨 일이고 다 잘되더라. 학교 공부도, 동아리 활동도, 인간관계도 모두 원만했지. 내 입으로 말하는 것도 좀 쑥스럽지만, 나는 같은 학년 또래들보다 좀 더 어른스러웠던 것 같거든. 분위기가 그러니까 모두들 나를 약간 존경 어린 눈으로 보기도 했고."

아주머니는 말을 끊고 잠시 잠자코 있었다. 그리고 생각난 듯이 다시 이야기하기 시작했다.

"모든 일이 순풍에 돛단 듯 순탄했지. 나도 부모님의 존재를 잊을 정도로 살아가는 데 몰두했고. 그런데 그게 어느 때 바뀌어 버렸어."

나는 무의식적으로 침을 삼켰다.

"갑자기 할아버지가 돌아가셨거든. 모든 게 순조로웠던 나한테는 몹시 충격이었다. 그렇게 다정했던 할아버지가 갑자기 사라졌으니까. 재처럼. 그러자 모든 게 싫어졌어. 사라지고 싶었지. 죽고 싶다기보다 사라지고 싶더라고."

아주머니는 여기서 나에게 "무슨 말인지 모르겠지?"라고 물었는데, 나는 어쩐지 이해할 것 같았지만 이때도 대답은 하지 못하고 고개만 끄덕였다.

"그래서 할아버지가 돌아가신 그 다음 날, 나도 죽어야겠다고 생각했어. 강에 빠져서 말이야. 그리고 겨울 저녁나절에 다리 위에 올라가서 신을 벗고, 전날 미리 써 놓은 유서를 신발 위에 놓았지. 유서엔 '지금까지 애정을 듬뿍 주셔서 고맙습니다.'라고 썼어. 근데 죽지 못했어."

아주머니의 굳었던 표정이 서서히 본래의 얼굴로 돌아갔다.

"바로 그때 유키가 왔거든. 유키하고는 학교도 달랐고, 만난 적도 없었어. 그런데도 나한테 말을 걸어왔어. 그리고 '뭐 하는 거야?'라고 묻더라니까. 그 말을 듣고 하도 우스워서 하마터면 웃음을 터뜨릴 뻔했지 뭐야. 생각해 봐, 방금 다리 위에 신발을 벗어 놓고 강으로 뛰어내리려고 했어. 어느 모로 보나 자살이잖아. 처음엔 우습더니 점점 화가 치밀어서 '자살하려고요. 함께 뛰어내리지 않을래요?' 그렇게 쏘아붙였지. 그럼 겁먹고 도망칠 줄 알고 말이지. 근데 유키는 시치미를 떼고 '그렇다면 나한테 딱 한 달반 너의 목숨을 빌려 주지 않을래?' 그러는 거야. 난 무슨 뜻인지 모르고 코웃음을 쳤지. 그랬더니 '한 달이란 시간만 있으면 나는 너를 즐겁게 해 줄 수 있어. 자살하고 싶었던 걸 잊을 정도로 말이야.' 그러더라고."

나는 그 말을 듣고 웃었다. 아주머니의 말 한 마디 한 마디에 다정함이 배어 있었기 때문이다. 그 말 속에서 오롯이 온기가 느껴졌다.

"그래서 '알았어요. 좋을 대로 해요.' 그랬지. 그리고 유키하고 만날 약속을 했어. 그때 난 될 대로 되라지, 그런 심정이었거든. 그리고 학교도 안 가고 한 달 내내 유키를 만났어. 그런데 이건 너무 시시한 거야. 나는 동물원이나 유원지 같은 데 갈 줄 알았거든. 근데 그런 데는 한 번도 안 가더라. 그냥 주변을 어슬렁어슬렁 걸어 다니면서 얘기만 하더라고."

아주머니는 유쾌하게 웃었지만 나는 어떤 사실을 깨달았다.

'아주머니의 이 멋진 미소는 아저씨의 다정함이 만들어 낸 건 아닐까. 아주머니는 아저씨를 만나기 전에도 주위 사람들에게 이런 미소를 보였을까. 하지만 이처럼 완벽하지는

않았을 거다.'

"하지만 기뻤어. 처음으로 그런 걸 해 봤거든."

아주머니가 그 말을 했을 때, 마침 버스가 목적지에 도착했다. 나는 다음 이야기를 듣고 싶었지만 더는 들을 필요도 없을 것 같았다. 아주머니의 웃는 얼굴을 보자 어쩐지 다음 이야기는 듣지 않아도 알 것 같았다.

누군가 멀리서 소리치고 있다.

그린 꿈을 꾸었나. 몸을 일으켜 시계를 보았다. 새벽 5시였다. 좀 더 자고 싶었지만 억지로 몸을 움직여 창문 커튼을 젖히고 밖을 내다보았다.

눈이 조금 내리고 있었다. 나는 서둘러 옷을 갈아입고 가방에 필요한 것을 챙겨 넣은 뒤 소리 나지 않게 숨죽이고 복도를 지나 밖으로 나왔다.

이렇게 일찍 일어나 밖으로 나온 목적은 단 하나. 낙서를 하기 위해서였다. 요즘 들어 자주 산책을 나가기 때문에 슬슬 아저씨와 아주머니에게 의심을 받지 않을까 걱정돼서 아침 일찍 나가야겠다고 생각했던 것이다. 언제까지 이렇게 할 수 있을지 모르지만 할 수 있을 때까지 하리라고 마음먹었다. 아주머니가 일어나는 7시까지는 돌아와서 아무 일 없는 듯이 침대에 누워 있어야 했기 때문에 나는 빠른 걸음으로 걸었다.

지면에 쌓인 눈이 바람에 공중으로 흩날리며 사정없이 나를 때렸다. 위험이 느껴지긴 했지만 걸음을 멈출 수는 없었다.

한 30분쯤 걸었을까. 아주 울창한 숲이 나왔다. 인간 따위 간단히 삼켜 버릴 것 같은 숲이었다. 그리고 이곳이야말로 다이키가 죽기 전에 가고 싶어 했던 곳, 게다가 더는 셋이서는 함께 갈 수 없는 곳이었다. 이렇게 가까이에 있을 줄은 상상도 못했다. 이것은 아무래도 신의 장난이라고 생각할 수밖에 없을 정도로 우연이었다. 내가 아주머니의 집에 오지 않았다면 여기에 오지도 못했을 것이다. 내가 꼭 해야 할 일을 신이 보여 준 것이라고 생각했다.

나는 잠깐 동안, 숲에 들어가기를 망설였다. 혼자서 숲 속으로 들어가는 것이 불안했다. 다이키와 사키가 있었다면 들어갈 수 있었을까, 그렇게 생각하자 왠지 우스워졌다.

'이 따위 말을 대체 몇 번이나 한 거야?'

내 머릿속에서 그 말이 계속 맴돌았다. 나는 생각했다.

'지금, 다이키와 사키에 대해서 생각해 봐야 소용없는 일. 지금은, 셋이서 함께하지 못했던 것을 내가 할 수 있는 기회인 거다.'

나는 이 숲에 도전해 보기로 했다. 우리 셋의 마음을 담아서.

숲 속으로 첫 걸음을 내딛자, 왠지 다른 세계에 발을 들여놓은 듯한 느낌이 들었다. 공포가 밀려왔다. 그리고 들렸다, 절망의 소리가.

숲 속을 걸어가는 동안 몇 번이나 잔가지 꺾이는 소리가 났다. 나는 꽤 깊숙이 들어와 있었다.

자살 방지 간판과 몇 번 마주쳤지만, 거기에는 눈길도 주지 않고 그저 묵묵히 걷기만 했다. 그리고 발견했다. 낙서할 곳을.

나는 주위를 둘러보았다. 어마어마하게 무거운 공기가 주위를 감쌌다.

'빨리, 낙서해.'

머릿속에서 계속 그 말이 울렸다. 드디어 낙서할 만한 곳을 찾았다. 커다란 하얀 간판이 보였다. 하얀색이라지만 오랜 세월이 지나 이제 다른 색깔이라 해도 이상하지 않을 만큼 빛이 바래 있었다.

나는 그 간판에 낙서를 하기 시작했다. 빈틈없이. 나의 마음을 전부 담아서. 하지만 그것은 지금 생각해 보면 아무런 의미도 없는 것이었다.

"뭐냐, 그게?"

나는 뒤를 돌아봤다. 남자 한 명이 서 있었다. 남자의 눈빛은 몹시 싸늘했다. 절망이라는 단어를 질리도록 본 듯한 눈빛이었다.

"여기에 자살하는 사람이 많아서, 방지……."

나는 거기까지 말하고 입을 다물었다. 남자가 웃고 있었기 때문이다. 엄지손톱을 물어뜯으며 웃었다. 그 미소는 일그러져 있었다.

"흥, 알고 있으면서."

남자의 얼굴이 굳어졌다.

"이런 게 무슨 의미가 있다고. 그냥 그림일 뿐이란 말이다. 안 그래? 그리고 너는 자살하려는 사람들의 훼방꾼이다."

남자는 토해 내듯이 말했다.

"무슨 뜻이죠?"

"뜻? 웃기지 마라. 여기까지 오면서 너도 봤을 텐데, 그 시시한 간판들을. '죽지 마!' '살아!' 그딴 글귀를 써 놓은 걸 말이야. 대체 무슨 생각으로 그런 말을 골라 쓴 거지? 그런 말로 사람을 구할 수 있다고 생각하는 거야, 뭐야? 그까짓 간판으로 세상을 바꿀 수 있을 것 같냐고."

나는 반론하려고 했지만 남자가 곧바로 내 말을 가로막았다.

"자살은 우리한테 남겨진, 단 하나의 자유란 말이다."

남자는 그렇게 말하고 내 옆을 지나갔다. 나는 남자를 잡기 위해 몸을 움직이려고 했다. 하지만 움직일 수 없었다. 위경련이 일었고 다리까지 후들거렸다.

"나는…… 나는 누군가를 구하는 걸, 진지하게 생각하고 있다고요."

정신을 차리자 내가 무슨 말인가를 하고 있었다.

"바보 같아 보일지도 모르지만, 저는 그것밖에 할 수 없어요. 솔직히 이런 낙서로 생명을 구할 수 있다고는 생각하지 않아요. 하지만 계속해 나가지 않으면 의미가 없다고요. 결과로 이어지지 않더라도."

그렇게 말하자 웬일인지 떨리던 몸이 진정되었다. 나는 뒤를 돌아보았다. 남자가 뒤돌아본 채, 멈춰 서 있었다.

"저는 세상을 바꾸겠다는 생각 따위, 하지 않아요."

남자는 내 쪽을 돌아보고 말했다.

"이미 늦었어."

고타츠에 들어가 누운 채 밖을 내다보았다.

눈 내리는 풍경이 왠지 쓸쓸했다. 그리고 흐릿하게 보였다. 하지만 그것은 나에게만 그렇게 보이는 풍경이었다.

눈을 감았다. 그러자 차가운 것이 얼굴을 타고 내려가 머리를 적셨다. 나는 그것을 손으로 닦고 이내 깊은 잠에 빠져들었다.

제 5 화

기지개를 쭉 켜고 심호흡을 했다.

밖은 오랜만에 화창했다. 이제 봄 내음이 나지 않을까 싶을 정도로 아주 따사로웠다. 입춘이 언제더라, 하고 생각하면서 주위를 돌아보았다.

새들이 기다렸다는 듯이 즐겁게 하늘을 날고 있었다. 이런 날씨에 하늘을 날면 얼마나 행복할까.

"가이토, 이쪽으로 와 봐."

아저씨가 나에게 손짓하며 불렀다. 조금 더웠던지 웃옷을 하나 벗고 있었다.

"무슨 일이세요?"

종종걸음으로 아저씨에게로 갔다.

"봐, 올챙이야."

아저씨는 매우 흥분된 모습으로 조그만 연못을 가리켰다. 나는 아저씨가 가리킨 연못 속을 들여다보았다. 하지만 올챙이는 어디에 있는지 보이지 않았다.

"봐, 저기, 저기 있잖아."

나는 아저씨가 가리키는 손가락을 눈으로 덧그리듯 하며 따라가 보았다. 그러자 한 덩어리가 되어 열심히 헤엄치고 있는 까맣고 조그만 물체가 있었다. 조그만 꼬리가 달린 올챙이 한 마리 한 마리는 매우 연약해 보였다.

"봄이라고 착각했나?"

내가 그렇게 중얼거리자 아저씨는 고개를 끄덕이며 딱하다는 듯이 말했다.

"오늘 내일은 따뜻하다지만, 모레부턴 다시 좀 쌀쌀해질 모양이던데. 그럼, 이 올챙이들은 개구리가 되지 못할지도 모르지."

나와 아저씨는 거기서 잠자코 올챙이를 바라보았다.

이것이 바로 자연의 혹독함이겠지. 그렇게 생각하면서도 한편으로는 눈앞에서 씩씩하게 헤엄치는 생명을 바라만 보고 있는 것이 왠지 잔인하다는 생각이 들었다.

하지만 이것은 어쩔 수 없는 일이다. 눈앞에 있는 존재만 구해 봐야 단지 자기만족에 지나지 않는다는 생각이 들었다. 하나의 생명을 구하고 나면, 죽어 가는 또 다른 생명을 보면 더 잔인하게 느껴질 것이다. 틀림없이 그럴 것이다. 내가 만약 이 올챙이를 구했다고 하자. 그리고 또 이 연못을 들여다본다. 죽어 가는 올챙이를 보고 또 구한다. 그것이 몇 번이고 계속된다. 그럼, 끝이 없을 것이다.

사람은 한 생명을 구하고 나면 '구했다'는 이 만족감에서 벗어날 수 없게 된다. 죄책감에 빠지고 싶지 않기 때문이다. 그럼 뭔가가 어긋나고, 무너져서 결국 회복할 수 없게 된다.

친절함은 때로 상대방을, 그리고 자신까지도 상처 입힌다. 그래서 그만둬야겠다고 생각했다. 생명을 구하는 것도, 낙서를 하는 것도.

뭔가가 내 안에서 흔들리고 있었다. 그리고 그 뭔가의 정체를 나 자신도 알 수가 없었다.

'계속 믿는 것.'

이 말은 이제 의미가 없는 것처럼 느껴졌다. 그저 막연하게 옳은, 희망을 품게 하는 허울 좋은 일. 그리고 자신을 정당화시키는 말.

"자살은 자유."

이 말이 계속 귓전에 맴돌았다. 그리고 나 자신에 대해서 '위선'이란 단어도 뇌리에 떠올랐다.

'다이키, 사키. 나는 어떡하면 좋을까?'

"바바……."

아저씨는 한숨인지 감탄인지 알 수 없는 목소리로 그렇게 토해 냈다.

이 말은 나이 든 여자에 대한 욕도, 이상한 의성어도 아니다. 단지, 도둑잡기라는 카드 게임일 뿐이다.

"또 바바를 하잔 거야. 대체, 언제 끝이 나냐고요."

그렇게 투덜거리며 자신의 머리칼을 마구 헝클어뜨리는 아저씨.

"절대로 지지 않을 테니까."

아직도 투지의 불이 꺼지지 않은 아주머니.

"또야……."

일찌감치 카드 게임에서 빠지고, 솔직히 그만 자고 싶은 나.

이 도둑잡기 게임은 대체 언제나 끝날까, 그런 생각을 하면서 시계를 보았다.

"내일 또 하면 안 돼요?"

나는 쭈뼛쭈뼛 아주머니에게 물었다.

"절대 안 돼. 꼭 이기고 말 거야."

아주머니는 그렇게 말하고 아저씨에게 보이지 않게 카드 두 장을 내밀었다. 그러자 아저씨는 뭐라고 중얼중얼하면서 그 두 장의 카드를 번갈아 보더니 오른쪽 카드를 뽑았다.

"당신이 졌어."

아저씨가 일어나 하늘을 향해 힘차게 두 팔을 뻗었다.

"난 잘 거야. 그럼, 잘 자라고."

아저씨가 도망치듯 방에서 나갔다.

나는 이제 끝났겠지 싶어 아주머니에게 "주무세요." 하고 방을 나오려고 했다.

"부탁이다. 딱 한 번만 더, 응!"

아주머니가 내 팔을 잡아끌었다.

"알았어요."

나는 한숨이 나오는 걸 꾹 참고 그렇게 대답했다.

"진짜 이번이 마지막이에요. 그리고 도둑잡기는 이제 그만 참아 주세요. 다른 게임 해요."

"알았어. 알았으니까 하자."

나는 마지못해 다시 자리로 돌아가 시계를 보았다. 이미 밤 12시가 다 돼 가고 있었다. 나는 왠지 이대로 아침이 되지 않을까 걱정이 돼서 이번에는 참지 않고 보란 듯이 한숨을 푹푹 내쉬었다. 탁자 위를 보니 모든 카드가 답답한 듯 뿔뿔이 흩어진 채 엎드려 있었다.

"뭐 하시는 거예요?"

"짝 맞추기 게임이야."

"아주머니, 짝 맞추기 게임이라뇨. 그건 이렇게 게임을 많이 한 뒤에 하는 게 아니잖아요."

나는 조금 어이가 없었지만 웃으면서 말했다.

"그래, 그래서 하는 거야. 내가 정신적으로 터프하니까 장기전으로 들어가는 거지."

나는 시작도 하기 전부터 완전히 전의를 상실한 채, 어쨌거나 빨리 끝낼 생각 하나로 게임을 시작했다.

짝 맞추기 게임은 지독히 단순한 게임인 데다, 더구나 결코 둘이서 할 것은 못되었다. 이 단순하다고도 할 수 있는 게임은 예상 밖으로 사람을 힘들게 했다. 정말로 신경쇠약(짝맞추기 게임을 일본어로는 '신경쇠약 게임'이라고 한다-옮긴이)에 걸려 버릴 것 같았다.

하지만 그런 나와는 대조적으로 아주머니는 물 만난 물고기처럼 우위에 서서 게임을 해 나갔다.

"아주머니, 지기 싫어하는 성격이죠?"

그렇게 묻자, 아주머니는 "요즘?"이라고 묻는 듯한 얼굴로 나를 보았다.

"글쎄. 내가 꽤 지기 싫어하는 성격인가? 이유는 모르지만 난 포기하는 걸 싫어해. '포기한다'는 단어를 없애고 싶을 정도로 말이지."

두 개의 짝패를 나란히 놓고, 세 번째 짝패를 찾아 카드를 뒤집으려던 참이었다.

"참 대단하시네요. 저는 금세 포기해 버리는 쪽이라, 그런 성격이 부러워요."

아주머니는 내 이야기를 들으면서도 눈은 탁자 위 카드에 못 박혀 있었다. 그리고 대화 중간중간에 "앗싸!", "에잇." 하며 추임새 같은 말을 넣기도 했지만, 재주 좋게 카드놀이를 하면서도 이야기를 이어 나갔다.

"보통은 다 그래."

아주머니가 뒤집은 카드의 숫자가 앞의 것과 달랐기 때문에 내 차례가 되었다.

"보통은요?"

나는 적당히 아무 카드나 뒤집었다. 3번 카드였다.

"사람은, 포기하기 때문에 끝나 버리는 게 많아. 나도 옛날에는 그랬고. 누구나 한 번은 포기하는 일이 꼭 있거든."

"아주머니가 포기한 일은 뭔데요?"

나는 카드를 뒤집었다. 3번 카드가 나왔기 때문에 나는 한번 더 카드를 뒤집었다.

"할아버지하고 할머니가 돌아가셨을 땐가?"

아주머니는 조금 졸린 듯한 눈으로 내가 카드를 뒤집는 것을 지켜보고 있었다.

"어떻게 해 볼 도리가 없더라고, 그것만은. 아무리 발버둥을 쳐 봐도 방법이 없었어. 그냥 받아들일 수밖에 없더란 말이야."

나는 잠자코 고개를 끄덕였다. 소리라곤 시계 초침 돌아가는 소리밖에 들리지 않았다.

"그래서 더 힘들었던 거지. 하지만 말이야, 인간은 그래도 좋은 편이다 싶다. 마녀 같은 존재를 생각해 봐. 제아무리 뭐든 다 할 수 있는 마법사가 나오는 이야기를 봐도, 죽은 사람을 살려 내는 마법은 금지잖아. 그 이유가 뭔지는 모르지만."

나는 지금까지 읽은 마법사가 나오는 책의 내용을 떠올려 보고, 그 말이 맞다고 생각했다.

"나 같으면 애가 타서 마법을 써 버릴 텐데. 생각해 봐, 소중한 사람을 살려 낼 수 있잖아. 악마하고 계약을 했더라도 마법을 써 버리고 싶을 거야."

아주머니는 그렇게 말하며 계속 카드를 뒤집어서 자신의 것으로 해 갔다.

"그러네요. 도저히 어떻게 해 볼 수 없는 게 '죽음'인데, 그걸 막을 수 있는데도 막지 못한다면 정말 미칠 것 같을 거예요."

나는 그렇게 말하면서 다이키와 사키가 죽었을 때를 떠올렸다. 그때를 돌이켜 보면 생각이 끊임없이 내 안으로 뛰어들어왔다. 만약 내가 마법을 쓸 수 있고, 이 생각을 멈출 수만 있다면 금지된 마법이든 악마와 계약을 했든 상관없이 썼을지도 모른다.

나는 다이키와 사키가 죽었을 때, 죽음은 가능성이라는 것이 없어지는 것이라고 생각했다. 결국 죽음이란 불가능해진다는 것.

인간은 불가능을 가능하게 해 왔다. 오랜 세월 동안 '불가능'에서 '불'이란 한 글자를 지워 온 것이다. 지금은 불가능하다고 알려져 있는 것도 언젠가는 가능해질 때가 올 것이다. 하지만 '죽음을 삶으로 바꾸는' 것은 어렵다. 아니, 절대로 불가능하다.

무엇인가로 인해 정점에 선 사람이 앞으로 어떻게 해야할지 모르고 거리를 헤매듯, 사람이 '생명'이란 것을 자유롭게 쓸 수 있게 된다면 그야말로 '생명'에 대한 방황이 시작될 것이다.

"내가 이겼다."

아주머니가 하늘을 향해 두 팔을 쭉 뻗고 웃었다.

그 웃는 얼굴이 나를 안심시키고 부드럽게 감싸 주었다.

여자가 앉아 있었다.

앉아 있었다, 라고 말했지만 의자나 마룻바닥 같은 분명한 장소가 아닌 땅바닥에 앉아 있었다.

굳이 정확하게 표현하자면, 쓰러진 듯이 철퍼덕 주저앉아 있었다, 고 하는 편이 좋을지 모르겠다. 나는 뭔가를 응시하고 있는 그 애의 시선을 더듬었다. 그 애가 뭘 보고 있는지,

그건 이미 짐작하고 있었다. 아니나 다를까 그 애는 간판을
보고 있었다.

내가 낙서한 간판이었다.

"이 근처 지도라도 만드는 거냐?"

집을 나올 때, 아저씨가 그렇게 물었다. 이렇게 자주 산책
을 하다 보면 언젠가는 지도 한두 장쯤은 만들 수 있지 않을
까? 나도 그런 생각이 들긴 했다.

여기 와서 처음 낙서했던 곳에 가 볼 생각이었다.

이유는 확실히 알 수 없었지만 그건 이미 내 안에서 결정
돼 있었다. 하지만 지금으로서는 도무지 결심이 서지 않았
다. 그것을 실행에 옮길지 말지는 그곳에 도착한 다음에 생
각하기로 마음먹고 일단 발걸음을 옮겼다.

기억을 더듬어 가며 오두막 옆길로 들어갔다. 그리고 세
갈래 길이 나오자 나는 잠깐 생각하고 똑바로 난 길로 걸어
갔다. 그런데 보였다. 간판이 아니라 한 여자의 모습이.

그 여자는 땅바닥에 철퍼덕 주저앉아 간판을 바라보고 있
었다. 나는 당혹스럽고 놀라서 앉아 있는 여자를 한동안 바
라만 보고 있있다.

몇 차례 바람이 불어왔다. 그때마다 여자의 긴 머리칼이 나부꼈다. 왠지 어른스러워 보였지만 얼굴에는 한없이 어린 티가 남아 있었고, 나와 비슷한 나이거나 몇 살 아래로 보이기까지 했다. 여자는 간판을 바라보면서 이따금 손으로 눈 주위를 훔쳤다.

"사라지고 싶어……."

처음에는 잘못 들은 건가 싶었지만 아니었다. 그 애의 입에서 나온 목소리였다. 그것은 누구에게도 닿지 않을 것 같은 목소리였다. 그때의 나에게는 그렇게 들렸지만 그건 마치 내가 그 애의 마음속으로 파고 들어가서 들은 듯한, 작은 외침이었다.

나는 발을 내딛었다. 그리고 과감하게 물었다.

"뭐 하고 있어?"

그 애는 내 쪽을 돌아보고 경계하듯이 일어났다. 그리고 그제야 생각났는지 눈 주위를 훔쳤다. 나는 그 애가 나를 경계하고 있다는 것을 알았기 때문에 그 애에게서 조금 떨어져서 땅바닥에 앉았다. 그리고 간판을 바라보았다.

"이거, 내가 그린 거야."

그 애는 여전히 선 채, 잠깐 나를 보고는 다시 간판을 바라보았다.

"친구가 부탁해서. 아무리 봐도 그 친구보다 잘 그린 건 아니지만……."

"왜?"

짧고 단호한 말투로 내 말을 가로막듯 그 애가 물었다.

"왜 자유를 빼앗는 거지? 나는 사라지고 싶다고."

'자유', 그리고 '사라지다'. 유코 아주머니, 숲에서 만난 남자. 그 둘의 입에서도 나온 이 무심한 듯한 말. 결코 '죽음'이라는 말을 직접적으로 드러낸 것은 아니었다. 하지만 여기에는 암호처럼 '죽음'이라는 말이 담겨 있었다.

"너는 몰라, 앞으로도 모를 거야."

"왜 내가 모른다고 생각하지?"

"모른다고."

"왜냐고!"

"너는 잃은 적이 없으니까, 소중한 걸 말이야."

그 애의 말에 나는 잠자코 있었다.

"너는 몰라."

"알아."

나는 그 애의 눈을 보았다.

"나도 알아. 왜냐하면 나도 잃었으니까. 소중한 사람을, 순식간에."

나는 눈을 돌렸다.

"그럼, 알겠네, 이딴 게 아무 의미도 없단걸."

그 애는 목이 메어 말했다.

"의미는 없지, 나도 요즘에야 그걸 깨달았어. 이런 낙서를 해도 사람들은 여전히 상처 받을 뿐이란 걸 말이야. 그래서 지금 이 낙서 그림을 지우려고 온 거야. 하지만 방금 생각한 건데, 의미 따위 찾지 못하는 게 당연해. 왜냐하면 이 낙서 자체가 가장 중요한 테마니까."

나는 일어나서 간판을 쓰다듬었다. 그때와 마찬가지로 온기가 약간 느껴졌다. 나는 빌었다, 한 사람이라도 더 살게 해 달라고.

"우리는 그 의미를 계속 찾아야만 돼."

나는 그 애를 보지 않고 말했다. 그러고는 다시 돌아보고 마음속에서 메아리치는 말을 그 애에게 전했다. 자신은 없었지만.

"딱 한 달만, 너의 목숨을 나한테 빌려 줄 수 있겠니?"

코로 공기를 들이마셨다가 천천히 입으로 숨을 내뱉었다. 오랜만에 맡는 이 공기가 아주 상쾌했다.

그로부터 몇 년이 지났는지 생각해 봤다. 정확히 알 수 없었다. 하지만 내가 분명히 어른을 향해 성장하고 있다는, 당연한 사실은 알 수 있었다.

"가이토, 빨리 가자고."

앞서서 걸어가던 그 애가 나를 돌아보고 재촉했다.

"알았으니까, 그렇게 급하게 걷지 마."

전에 왔을 때와는 아주 딴판인 이 더위. 매미 우는 소리가 울려 퍼지고, 아스팔트에는 아지랑이가 피어올랐다.

"아 진짜, 빨리 좀 걸으라니까."

나에게 이렇게 재촉하는 여자의 이름은 '아오이'. 낙서 그림을 그렸던 곳에서, 내 부탁으로 딱 한 달 동안 나에게 목숨을 빌려 줬던 여자.

둘이 어떤 사이냐고 묻는다면, 말을 골라서 하면 '사귀고' 있다고 할 수 있다. 무슨 사정으로 그렇게 발전했는지, 어느 쪽에서 먼저 사귀자고 했는지, 그건 밝히고 싶지 않다.

"왜 그렇게 걸음이 늦어."

아오이는 그렇게 말하고 내 팔을 잡아끌었다. 어디에서 그런 힘이 나오는지 신기하다.

나는 이 길을 떠올리며 아오이와 함께 걸었다.

마음 한구석에 넣어 둔 작게 네 번 접은 지도를 펼쳤다. 그러자 겨울 내음에 여름 내음이 더해졌다. 여기에 처음 왔을 때 느꼈던 겨울의 폐쇄감이 아닌 뜨겁게 달궈진 채 끝없이 이어지는 대지의 내음이었다.

오감이 씻겨 맑아졌다. 바람, 초목, 새, 드넓게 펼쳐지는 대지, 그날 마셨던 우유의 달콤함. 모든 감각이 우르르 달려와 나를 부둥켜안았다.

"가이토, 저 집?"

소리치는 아오이에게 나는 고개를 끄덕여 보였다.

잊을 수 없는 유코 아주머니의 집이었다.

일주일 전에 전화가 걸려 왔다.

"가이토? 유코 아줌마야. 이제 여름도 됐으니까 한 번 놀러 오지 않겠니? 전에 왔을 때는 겨울이었잖아, 근데 여긴 여름도 좋아. 할 말도 있고, 여름 우유도 맛있거든, 차가워서 말이야. 아 참, 좀 도와줘······. 아, 그리고 친구랑 같이 와도 돼."

나는 여전하시네, 라고 생각하면서 오랜만에 목소리를 듣자 마음이 푸근해졌다. 아무튼, 대충 이야기를 듣고는 "갈게요."라고 대답했다.

지금 생각해 보니, 여름이란 계절에 다시 온 것도 참 극단적인 것 같다. 봄이나 가을에 와도 좋았을걸, 그렇게 생각하자 슬그머니 한숨이 나왔다.

나와 아오이는 집 앞에 서서 벨을 눌렀다. 잠깐 기다렸지만 반응이 없었다.

"안 계신가?"

아오이가 주위를 둘러보았다.

"왜 울리고 그래."

가까이서 목소리가 들렸다.

"우는 걸 나한테 어쩌란 거야."

나는 아오이의 손을 잡고 목소리가 나는 쪽을 향해 갔다. 그곳은 주위가 온통 해바라기 밭이었다. 앞이 보이지 않을 정도로 빽빽이 들어찬 해바라기.

"우아! 엄청 많이 피었네."

옆에 있던 아오이가 감탄했는지 그렇게 말하며 웃었다.

나는 주위를 두리번거리며 유코 아주머니와 유키 아저씨를 찾았다. 둘은 다투고 있었다.

'처음에 여기에 왔을 때랑 똑같아.'

나는 둘에게 다가갔다.

"이렇게 울면 사진을 찍을 수가 없잖아."

"저……."

나는 쭈뼛쭈뼛 아주머니와 아저씨에게 말을 건넸다.

나를 본 둘의 눈이 반짝 빛났다.

"가이토!"

둘의 목소리가 겹쳐졌다.

나는 먼저 아주머니와 아저씨에게 인사를 하고 나서 아오이를 소개했다.

그때 문득 어떤 것을 보았다. 유코 아주머니에게 안긴 채울고 있는 아기.

"그 아기는……."

둘은 기다렸다는 듯이 얼굴을 마주 보고 말했다.

"아이가 생겼어."

나는 놀라웠고, 그리고 혼란스러웠고, 나중에는 기쁨이 솟아올랐다.

"언제요? 이름은요? 남자애, 여자애, 어느 쪽이에요?"

나는 약간 흥분하고 있었다.

"여자애야, 이름은 '히나타'."

"여태 아이가 안 생겼거든. 작년에 겨우겨우 얻었다."

유키 아저씨가 수줍은 듯이 웃었다.

"축하드려요."

"고맙다."

둘은 지금까지 아옹다옹하면서도 사이좋게, 즐겁게 살아왔을 것이다. 그리고 둘 사이에 태양 같은 생명, 히나타가 더해짐으로써 이전보다 훨씬 더 멋진 가족이 될 것이다.

"사진 찍자."

아저씨가 말했다.

우리는 해바라기를 등지고 사진을 찍으려고 했다. 하지만 히나타가 울어 대는 통에 사진을 찍을 수가 없었다.

"이 애는 한 번 울었다 하면 여간해서는 그치질 않아."

아주머니는 난감한 얼굴로 히나타를 안고 위아래로 빠르게 흔들어 주었다. 아저씨와 나도 어떻게든 달래 보려고 온갖 시도를 다 해 봤지만 아기는 도무지 울음을 그치지 않았다.

"제가 해 볼까요?"

우리를 밀어내듯 하고 아오이가 나섰다.

"아오이가 할 수 있어?"

나는 약간 못 미더운 듯이 말했다.

"그럼, 할 수 있지!"

아주머니는 그렇게 말하고 안고 있던 히나타를 아오이에게 안겨 주었다. 그러자 '나도 멈출 수가 없어요.'라는 듯이 울어 대던 히나타가 울음을 뚝 그쳤다.

셋이서 얼굴을 마주 보았다.

"대체 어떻게 한 거야?"

아주머니가 놀라 물었다.

"역시."

아오이가 그렇게 말하고 웃었다.

"역시라니?"

"제 이름은 '아오이[葵]'. 그리고 이 아기는 '히나타[日向]'. 우리 둘의 이름을 합하면 '해바라기[向日葵]'가 돼요. 아마, 그래서 이 아기랑 저랑 궁합이 잘 맞나 봐요."

아오이는 그렇게 말하고 뿌듯한 듯이 웃었다. 히나타도 방글방글 웃고 있었다.

우는 히나타에게 속수무책이었던 우리 셋은, "정말이네." 라며 고개를 끄덕였다. 그러자 아저씨가 소리쳤다.

"자 지금이야, 사진!"

아저씨는 서둘러 카메라를 세팅하고, 타이머를 맞춰 놓았다. 우리는 황급히 나란히 서서 웃는 얼굴로 카메라를 보았다. 그러자 옆에 있던 아주머니가 말했다.

"가이토, 해마다 해바라기를 보러 와."

"올게요."

나는 대답하고 카메라를 보고 웃었다.

눈부신 빛이 우리를 감쌌다.

창밖을 내다보았다.

텔레비전에서 아나운서의 목소리가 흘러나왔다.

"여기가, 요즘 자살을 격감시킨다고 소문이 자자한 낙서 현장입니다."

나는 창문을 닫고는 바지 주머니에 편지를 찔러 넣고 밖으로 나왔다.

공원. 예전에, 다이키, 사키, 나, 이렇게 셋이서 모이던 곳. 나는 벤치에 앉아 잠시 망설이고는 편지 봉투를 뜯고 안에 든 편지지를 꺼냈다. 어제 어머니가 건네준 편지.

"일부러, 지금까지 너한테 주지 않았다."

어머니는 그렇게 말했다.

발신인을 보니 다이키가 보낸 것이었다. 왠지 내용을 보는 것이 두려웠다. 나는 천천히 편지를 읽기 시작했다.

가이토, 나 굉장한 생각을 해 냈어.

지금까지는 해바라기 낙서를 했지? 하지만 생각해 봤는데, 그림이 아니라 진짜 해바라기 꽃을 피우면 좋을 거 같아, 안 그래?

그래서 말인데. 나는 앞으로 품종개량을 해서 겨울에도 해바라기 꽃을 피울 꿈을 꾸고 있어.

굉장하지? 일대가 온통 겨울 해바라기라고! 사키에게도 똑같은 편지를 보냈는데, 틀림없이 기뻐할 거야. 그러니까 너도 도와줘. 우선 이거 하나만 말해 둘게. 뭐, 이거 하나만.

-다이키가

"이것도 계획이냐?"

일어나서 하늘을 올려다보았다. 결코 사라지지 않을, 반짝반짝 빛나는 태양을 손으로 가리고 살아 있는 빨간 손을 보았다. 새빨갛게 빛나는 이 손을 보자 모든 것이 사랑스럽게 느껴졌다. 지금까지 잃었던 것, 그리고 지금 존재하는 것, 그 모든 것이.

눈물이 흘렀다. 멈출 수가 없었다. 어떻게든 멈춰 보려고 생각했지만 금세 포기해 버렸다. 지금은 울고 싶다.

쓰러지는 도미노처럼 내 마음속의 슬픔이 계속 쓰러진다. 이 슬픔이 모두 쓰러지고 나면 그때 내 마음을 일으켜 세우자. 나는 그렇게 생각했다.

"가이토, 이쪽."

아오이가 나를 향해 손을 흔들고 있었다. 나도 아오이를 향해 손을 흔들어 주고 눈물을 훔쳤다.

겨울 해바라기를 상상하며.

방울 소리
방울 소리
방울 소리
방울 소리
방울 소리

제 1 화

도서실. 꽤 떠들썩한 교내에서 이상하리만치 조용한 이곳은 교내의 다른 곳과는 완전히 별개의 공간이었다, 적어도 평소 이곳을 잘 드나들지 않는 나에게는. 그랬다, 반년하고 두 달 전까지는.

내가 도서실을 자주 드나들게 된 건, 우리 반 아오바 사치라는 여자애와 사귀기 시작하면서부터였다.

사치는 조용한 애였다. 나와 사귀기 전에는 친구들의 대화에서 거의 화제에 올랐던 적이 없는, 그야말로 눈에 띄지 않는 아이였다. 그와 반대로 나는 반에서도 꽤 눈에 띄는 편이었다. 우리가 막 사귀기 시작했을 때는, 친구들에게 곧잘 "네가 어떻게 사치 같은 애랑 사귀냐?"라는 말을 들었다. 그만큼 우리 둘이 사귀기에는 학교에서 눌이 서 있는 위치에 온도 차가 있었다.

사치와의 첫 만남은 무척이나 충격적이었다.

반년하고 두 달 전, 고등학교 2학년 여름방학 때였다. 동아리 활동을 마친 나는 집에 가기 전에 학교 도서실에 들러 여름방학 숙제에 필요한 참고 도서를 찾아보기로 했다. 평소 도서실을 거의 이용하지 않는 나는, 날이 이미 어둑어둑해졌기 때문에 그 시간까지 도서실을 개방할까 불안해하고 있었다. 하지만 도서실 안에 불이 켜져 있는 것을 확인하고 그제야 마음이 놓였다.

도서실 문을 열고 안에 들어가자 도서 위원과 눈이 마주쳤다. 우리 반 아오바 사치. 당시, 아오바 사치와 나는 유치원 때부터 얼굴만 아는 정도였지 같이 이야기를 나눠 본 적은 거의 없었다. 어쨌든 나는 그 애에게 가볍게 고개 숙여 인사했다. 그러자 그 애도 들고 있던 책으로 입을 막은 채 고개를 까딱 숙였다.

도서실 안은 쥐 죽은 듯 조용했다. 그곳에는 나와 도서실 담당인 아오바 사치, 단 둘뿐이었다. 그 애는 책을 읽고 있었기 때문에 소리라곤 내 발소리뿐이었다. 그렇게까지 조용하니 내 발소리에 그 애가 나의 움직임을 전부 파악해 버릴 것만 같았다. 뭐, 나는 여름방학 숙제에 필요한 참고 도서를 찾으러 온 거고, 양심에 거리낄 일 따위 털끝만큼도 없었지만 그래도 역시 긴장할 수밖에 없었다. 그렇다, 이를테면 거리에서 마주 오던 경찰차와 스쳐 지나갈 때와 비슷한 느낌이었다. 하지만 나는 의외로 소심한 사람인지도 모르겠다고 생각하며 속으로 피식 웃어 버린 순간 약간 여유가 생겼다.

과제에 필요한 책을 찾는 데는 시간이 아주 많이 걸렸다. 아니, 아직 필요한 책이 어느 코너에 있는지조차 파악하지 못하고 있었다. 우리 학교 도서실은 꽤 훌륭했고, 도서실이라기에는 좀 넓었다. 게다가 도서실에 실내 겨냥도가 있는 것도 아니어서 도서실 초보자인 나는 무척이나 애를 먹고 있었다. 참 불친절하다고 생각했다.

"무슨 책을 찾아?"

갑자기 말을 걸어온 목소리에 놀라 돌아보니, 거기에 아오바 사치가 있었다.

'일부러 뒤에서 소리 없이 다가올 것 없잖아!'

그렇게 생각했지만 그런 말을 할 수 있는 사이도 아니었기 때문에 그 말은 그대로 삼켜 버렸다.

"아, 여름방학 숙제 있지, 과제 연구. 그거 하는 데 참고할 만한 책을 찾고 있는데, 도무지 눈에 띄지 않아서."

"그렇다면, 좋은 책이 있어."

그 애는 그렇게 대답하고 곧바로 웃는 얼굴로 안내해 주었다. 나는 고개를 끄덕이고 그 애를 뒤따라갔다. 그 방향이 내가 찾던 곳과 반대쪽이어서 조금 창피했다. 아마도 열심히 책을 읽고 있던 그 애는 내가 계속 돌아다니자 집중할 수 없었던 모양이다. 미안한 생각이 들지 않은 건 아니었지만 그 애가 눈곱만치도 못마땅한 기색을 보이지 않았기 때문에 움츠러들지는 않았다.

"이걸 추천할게."

그 애는 그렇게 말하고 웃는 얼굴로 책장에서 책 한 권을 뽑아서 내게 내밀었다. 나는 고맙다고 말하고는 책을 받아 들고 팔랑팔랑 넘기며 내용을 훑어보았다. 책에는 삽화가 적당히 그려져 있어서 내용을 알기 쉬웠고, 요점이 깔끔하게 정리되어 있었기 때문에 그대로 베껴서 제출해도 되지 않을까 싶을 정도로 과제 연구에 맞춤한 책이었다.

"혹시, 이 안에 있는 책, 전부 섭렵한 거니?"

"아니야. 여기, 책이 많아."

그 애는 조금 당황했는지 가슴 앞에서 손사래를 치며 내 가벼운 농담에 진지하게 그렇게 대답했다. 그런 그 애를 보고 왠지 우스워서 웃고 말았다. 그러자 그 애는 수줍었던지 낯빛이 붉어졌다.

"이거, 빌려 갈 거야?"

"어, 그래."

나는 고개를 끄덕이고 그 애에게 책을 도로 주었다. 그 애는 그 책을 받아 들고는 카운터 쪽으로 갔다. 나는 어떻게 책을 빌리는지 몰랐기 때문에 어쨌거나 그 애를 따라가기로 했다.

"대출 기간은 2주일이야. 늦지 않게 반납해 줄래?"

"오케이."

그 애는 내 대답을 듣자 종이 카드처럼 생긴 것을 내밀었다.

"이건?"

"아키라, 네 독서 카드야. 다음부터 책을 빌리거나 반납할 때는 이걸 가져와."

흐음, 이런 게 있었나, 하고 생각하면서 다시는 쓸 일이 없을 도서 대출 카드를 그 애에게서 받아 들었다. 아니, 받아

들어야 했다.

하지만 그 애가 그 카드를 꽉 쥔 채 놓지 않는 통에 나는 받지 못하고 있었다. 그 애는 고개를 떨구고 있었다. 무슨 상황인지 파악이 안 되었던 나는 아주 잠깐 고민했다.

"사치……?"

"저…… 저어."

나와 그 애가 동시에 입을 열었다. 나는 딱히 할 말도 없었기 때문에 그 애가 먼저 말하도록 양보했다.

"저…… 저어!"

그 애는 결심한 듯 눈을 감은 채 입을 열었다.

"아키라 넌, 저어…… 좋아하는 여자애 있어?"

"어……?"

다짜고짜 그렇게 물어 와서 몹시 당황스러웠다. 나는 그만, "어?"라고 되묻고 말았다. 순간 그 애도 놀란 얼굴을 하더니 곧바로 고개를 숙여 버렸다. 머리카락 사이로 보이는 새빨개진 귀를 보며 얼굴도 새빨개졌을 거라고 생각했다.

나는 이런 상황이 처음은 아니었다. 우리 학교는 공립학교 치고는 학생 수가 많았고, 게다가 나는 운동부였기 때문에 생판 모르는 여자 후배들이 고백해 오는 일이 적지 않았다.

"나…… 난, 으응…… 난…… 오래전부터 너를 좋아했어!"

얼굴을 든 아오바는 예상대로 얼굴이 사과처럼 새빨갰다. 나를 보고는 있었지만 수줍었던지 눈을 맞추고는 피하고, 눈을 맞추고는 피하기를 되풀이했다. 나는 도서 대출 카드 너머로 떨고 있는 그 애를 바라보았다. 내성적인 그 애가 얼마나 용기를 쥐어짜서 그 한 마디를 했을지 절절하게 느껴졌다.

'나는 당황스럽지만 이 애한테는 이 순간이 갑작스러운 상황은 아닐 거야. 아마 계속 기다렸을 거야, 이런 기회가 오기를. 나와 단둘이 있게 될 이 순간을.'

눈앞에 있는 씩씩한 소녀를 보며 그 마음을 받아 주고 싶은 생각이 강하게 들었다. 그뿐이 아니었다.

웬일이지, 잠깐 이야기했을 뿐인데 분명히 나는 아오바 사치라는 여자애에게 빨려 들어가고 있었다.

나는 멋쩍음을 감추려고 머리를 긁적였다.

"내일, 또 책 빌리러 올게. 이 카드 가지고."

그렇게 말하고 나는 그 애에게서 도서 대출 카드를 받아 들었다.

"어…… 응, 응!"

나와 아오바 사치는 그 다음 날부터 사귀기 시작했다.

"벌써 반년도 더 지난 일이구나……."

아무래도 내가 도서실 앞에서 옛날 일을 떠올리며 우두커니 서 있었던 모양이다.

"아키라…… 아키라 아냐!"

"야마네……?"

목소리가 나는 쪽으로 돌아보니 우리 반 야마네 유지가 있었다. 야마네는 나와 동아리도 같은 축구부이고, 반에서도 특별히 친하게 지내는 친구다.

"뭐 하냐? 이런 데서."

"책을 대신 반납하러 왔어. 사치 책인데, 걔가 반납할 수 없어서."

나는 손에 들고 있던 책을 야마네에게 보여 주며 설명했다.

"어…… 어 그랬구나. 아, 그렇지."

야마네는 말을 얼버무렸다. 묘하게 공기가 어색해지고 말았다. 그러자 야마네는 어색함을 견딜 수 없었던지 먼저 입을 열었다.

"아앗! 미안하다! 내가 이러면 안 되는 거지! 네가 가장 힘들 텐데……."

야마네는 부자연스러울 정도로 밝은 목소리로 말했다.

그렇다, 사치는 이미 죽은 사람이다.

8일 전, 내 생일 선물을 사러 가던 중 졸음 운전자가 모는 차로부터 고양이를 구하려다 교통사고를 당했다. 그 뒤로, 나는 사치의 웃는 얼굴을 볼 수 없게 되었다.

"야마네…… 미안하다. 신경 쓰게 해서."

나는 그날 이후로, 동아리인 축구부에는 한 번도 얼굴을 내밀지 않았다.

"걱정하지 말래도 그러네! 마지막 대회까지는 아직 시간 많아. 모두들 에이스의 귀환을 느긋하게 기다리고 있다고. 그때까지, 네가 빠진 구멍은 이 몸이 메워 주지."

야마네는 과장되게 밝은 얼굴을 하고는 손가락으로 V자를 그려 보였다.

"무슨 소리야, 언제 벤치로 밀려날지도 모르는 녀석이."

"야, 아키라! 그건 아니지."

내가 놀리자 울상을 지으며 달려드는 야마네.

"고맙다, 야마네."

내가 그렇게 말하자 야마네는 멋쩍게 웃었다. 보통 때는 성가시게 구는 녀석이지만 이럴 때 보면 정말로 친구를 생각해 주는 정 많은 녀석이다. 나는 야마네의 그런 점을 무척 좋아했고 부러워하고 있었다.

"그럼, 난 선생님 모셔 올게."

야마네는 내 어깨를 툭 치고 교무실 쪽으로 뛰어갔다. 나는 뛰어가는 야마네의 뒷모습이 보이지 않을 때까지 하염없이 바라보았다.

"그럼, 책 반납해야지."

나는 손에 든 책 세 권을 바라보았다. 그리고 마음을 단단히 먹고 도서실 안으로 들어갔다.

도서실은 전과 다름없이 이상하리만치 조용했다. 사치가 없는 도서실에 오는 것은 반년하고 두 달 만이다. 책장에 가득 꽂힌 책들은 마치 살아 있는 존재처럼 위압감을 주었다. 나는 얼른 책을 반납해 버리려고 카운터로 향했다. 그러나 거기에는 도서 위원 대신 안내문이 적힌 종이가 있었다.

'지금은 담당자가 부재중입니다. 반납하실 분은 책을 반납 박스에 넣고, 대출 카드를 놓고 가 주십시오. 담당자가 부재 중일 때는 도서 대출은 하지 않습니다.'

나는 그 안내문을 읽고 나서 책 세 권을 반납 박스에 넣고, '아오바 사치'라고 적힌 도서 대출 카드를 카운터에 놓았다.

도서실에는 나 외에는 아무도 없었다. 아무도 없는 도서실은 몹시 이상한 공간이어서, 공포감뿐 아니라 세상에 오롯이 나 혼자뿐이라는 만족감도 느낄 수 있었다. 무심코 도서실 안을 돌아보았다, 바로 그때.

딸랑딸랑.

아무도 없는 줄 알았던 공간에서 갑작스레 소리가 났기 때문에 나는 순간적으로 경계했다. 그러나 소리 난 곳에는 누가 있는 것도 아니었다.

"무슨 소리지…… 방울 소리?"

왠지 들은 기억이 있는 음색이었다. 잠시 기억을 더듬어 봤지만, 그 소리의 정체는 떠오르지 않았다.

주의 깊게 살펴보니, 소리 난 쪽에 책 한 권이 떨어져 있었다. 나는 책을 주워 들어 표지를 살펴보았다. 하지만 그 책에는 특별히 방울 소리가 울릴 만한 것이 붙어 있지는 않았다.

"《가와바다케 사토시의 가와바타케론》……."

제목을 본 순간 기억이 났다. 사치와 막 사귀기 시작했을 때, 내가 대뜸 물은 적이 있다. 도서실 안에서 가장 인기 없는 책이 무슨 책이냐고. 그때, 사치가 들고 온 것이 분명 이 책이었다. 사치 왈, "제목이 재미있는 외래어도 아니고, 위치도 어중간하게 밑에서 두 번째 칸, 오른쪽에서 일곱 번째 자리여서 인기 꽝이야. 이 책을 들고 있는 사람을 본 적조차 없으니까."

나는 아무튼 그때 '비인기 대상'을 차지했던 그 책을 팔락팔락 넘겨 보았다.

"어……?"

가볍게 흘려보내듯 페이지를 넘겨 보는데 여백 부분에 낙서가 있는 페이지가 있었다. 겨우 알아볼 수 있을 정도로 휘갈겨 쓴 글씨였지만 아무튼 일본어였기 때문에 나는 해독을 시도해 보기로 했다.

오랜만이야. 잘 지내고 있어, 아키라?
- 4월 20일. 아오바 사치

거짓말……이지……?

제 2 화

"4월 20일……."

공기가 얼어붙는 것이 피부로 느껴졌다. 그리고 동시에 이 방에 나 혼자밖에 없는 것을 저주했다. 4월 20일이라면 오늘이 아닌가. 작년 4월 20일에는 우리는 아직 사귀지도 않았을 때니까. 이해, 할 수가 없었다. 머릿속이 혼란스러웠고 뇌가 녹아내린 것처럼 흐물흐물해졌다. 게다가 거기에 적힌 낙서가 너무 휘갈겨 쓴 글씨여서 더더욱 섬뜩했다.

"사치일 리가 없어……."

나 스스로에게 그렇게 들려주었다.

'누가 장난친 게 분명해. 재빨리 책을 제자리에 갖다 놓고 여기를 떠나면 되는 거야. 이제 다시는 도서실 따위에 올 일도 없으니까.'

나는 일부러 한숨을 크게 내쉬면서 그 책을 도로 책장에 갖다 놓았다. 하지만 그럴 수 없었다. 그 책등 라벨이 아무래도 신경에 거슬렸기 때문이다.

"왜…… 하필, 이 책이야."

만약 이게 질 나쁜 장난이라 해도, 왜 이 책이냐고! 장난치기 위해 적당히 뽑은 책이 우연히 뽑아 볼 가능성이 가장 적은 책이라니, 우연이라고 생각해도 되는 건가? 게다가 214쪽, 2월 14일은 사치의 생일이 아닌가. 이런 우연이……. 왜……? 누가 이런 짓을 했지……?

설마, 정말로 사치……인 거야?

갑자기 내 안에서 호기심이 꿈틀거렸다. 잠시 뒤, 나는 마치 뭔가에 이끌리듯 주머니에서 볼펜을 꺼내 다음 페이지에 답장을 쓰고 있었다.

오랜만이야. 몸은 조금씩 좋아지고 있니? 그런데 나는 연휴병 때문에 아직도 하품이 멈추지 않아.

- 구도 아키라

나는 그렇게 답장을 써서 책을 원래 있던 곳에 도로 꽂아 놓았다. 도서실을 나온 뒤에도 내 귀에 박힌 방울 소리가 계속 메아리치는 듯했다.

"다녀왔습니다."

밤 9시가 지났다. 나는 도서실을 나와 여느 때처럼 동아리 활동이 끝나는 시간까지 정처 없이 거리를 쏘다니다 집에 돌아왔다. 평소와 달랐던 점이 있다면 방울 소리가 조금 따라다녔다는 것.

식탁에는 아직도 김이 오르는 음식이 차려져 있고, 어쩐 일인지 이 시간에 아버지가 식탁에 앉아서 텔레비전을 보고 있었다.

"어머, 아키라 왔니? 어서 와. 피곤하지? 밥 먹자."

이윽고 내가 온 걸 알아차린 어머니가 그렇게 말하며 나에게 다가왔다. 나는 어머니와 아버지에게는 지금 동아리 활동을 하지 않는 것을 말하지 않았다.

"어머니, 다녀왔습니다. 근데 아버지가 어쩐 일로 이 시간에 집에 계세요?"

"어쩐 일이긴."

아버지는 텔레비전에서 눈을 떼시 않고 대답했다.

어머니가 내 밥을 푸고 있었기 때문에 나는 웃옷을 벗어 의자에 걸쳐 놓고, 내 컵과 젓가락을 챙겨 자리에 앉았다. 곧 어머니가 하얀 밥이 담긴 밥그릇과 반찬 가지를 쟁반에 담아 내왔다.

"잘 먹겠습니다, 어머니."

나는 새우튀김을 집어 들었다.

"너도 이제 3학년이다. 공부는 잘하고 있는 거냐?"

"아이 참, 아키라는 걱정 없어요, 여보. 학교에서 늘 1등인 걸요. 수업 시간에도 진지하게 집중하고 있다고, 선생님께서도 칭찬해 주셨다니까요."

아버지의 물음에 어머니가 그렇게 대답했다.

나는 둘의 눈치를 살피면서 밥을 먹었다.

"아니 뭐, 넌 우리 병원을 이어받아야 해서 하는 말이다. 떡하니 M대학에 가서 내 뒤를 이을 실력 있는 의사가 되는 걸 목표로 삼아 봐."

"네, 열심히 하고 있어요, 아버지."

어머니는 이미 수도 없이 들었던 아버지의 옛날이야기를 그칠 줄 모르고 늘어놓았다.

"잘 먹었습니다, 맛있었어요. 그럼, 저는 공부하러 올라갈

게요."

그렇게 말하고 나는 2층 내 방으로 올라왔다. 내 방문에는 잠금장치가 없다.

후유……, 숨을 크게 내뱉었다. 그리고 벽에 기댄 채 오늘 있었던 일을 생각했다.

오늘 날짜로 쓰인 사치의 낙서, 아니 메시지. 어디선가 들은 것 같은 방울 소리. 반쯤 충동적으로 답장을 써 버렸지만, 이성이 돌아온 지금도 역시 그것이 실제로 일어난 일이라고는 믿어지지 않았다.

어쩌면 누군가 장난을 친 거라서 내일이면 가벼운 웃음거리가 될지도 모른다. 혹은 그런 낙서 따위 원래부터 없었던 듯이 사라져 버릴지도 모를 일이다.

게다가 그 방울 소리.

나는 그 소리를 들은 기억이 있는 것 같았다. 도대체 그 소리의 정체는 뭐였지? 하지만 딱히 특징 있는 소리도 아니었다. 평소에 방울 소리 같은 걸 의식하고 들어 본 적이 거의 없었고, 내 기억 속에 인상적인 방울 소리도 딱히 없었다. 어쩌면 착각인지도 모른다. 게다가 그런 방울 소리라면 어디선가 들은 적이 있다 해서 이상할 것도 없을 거고, 애초부터 그 소리가 사치의 낙서와 관련이 있다는 것도 분명하지 않다.

"생각해 봐야, 별수 없……나."

그렇게 중얼거리고, 어머니가 간식을 가져올 때까지 책상에 앉아 있기로 했다.

이튿날, 나는 평소보다 30분이나 빨리 등교했다. 확인해 보고 싶은 것이 있었다. 나는 아무에게도 들키지 않도록 주의하며 도서실에 들어갔다. 때마침 안에는 아무도 없었다. 결코 의심받을 일을 하는 건 아니기 때문에 누가 본다 해도 문제는 없지만, 왠지 누가 봐서는 안 될 것 같은 기분이 들었다.

도서실에 들어가 망설임 없이 어제 그 책장으로 향했다. 밑에서 두 번째 칸, 오른쪽에서 일곱 번째 자리에 꽂힌 책을 뽑아 들었다. 그리고 그 책 216쪽을 펼쳤다.

연휴병이라니, 아키라답지 않네.^^ 하지만 나도 햇살이 따뜻해지니까 시도 때도 없이 졸려. 아키라도 수업 시간에 졸지 않도록 조심해.
　－아오바 사치

온몸이 뜨거워지는 것이 느껴졌다. 어제부터 느끼고 있던 공포와 호기심은 놀라울 정도로 쉽게 사라졌다. 다만, 내 몸은 조용히, 조용히 열을 내뿜고 있었다.

그때부터 나와 사치의 이상한 편지 왕래가 시작되었다.

그날 이후로, 내 주위에서 그 '방울 소리'가 자주 들렸다.

"미안하다, 아키라. 그럼 부탁한다."

담임이 나에게 말했다.

"네, 마치면 교무실에 갖다 두겠습니다."

내가 대답하자 담임은 한 번 더 나에게 부탁하고는 교실에서 나갔다. 나는 담임이 건네준 우리 반 설문 조사 용지를 대충 팔락팔락 넘겨 보고는 책상에 놓았다.

사치와 나의 편지 왕래가 시작된 그날부터 벌써 열흘도 더 지났다. 그리고 편지 왕래를 하는 동안 나와 사치 사이에는 자연스레 규칙이 생겼다. 편지는 하루에 서로 한 번씩 썼다. 딱히 그렇게 정한 것은 아니지만 자연스레 서로 하루에 한 통이라는 규칙을 지키고 있었다. 그리고 이것은 나에게만 해당되는 일이지만 사치의 죽음, 사치가 학교에 없다는 사실, 그 밖에 사치의 죽음과 관련된 것에 대해서는 일절 언

급하지 않았다. 그렇게 하지 않으면 사치와 나의 편지 왕래
는 끝나 버릴 것 같은 기분이 들었기 때문이다. 게다가 요즘
열흘 정도 지켜보니 사치의 글씨는 점점 반듯반듯해졌다.
도대체 처음에는 왜 그렇게 글씨를 휘갈겨 썼는지 알 수 없
었지만 글씨는 갈수록 읽기 쉬워졌다.

  그리고 무엇보다 내가 가장 마음에 걸리는 것은 시라이시
유키에였다.

  "아키라…… 너 뭐 하고 있어?"

  소리가 나서 돌아보면 언제나 그 애가 서 있었다. 시라이
시는 사치와 마찬가지로 유치원 때부터 아는 사이였고, 서
로 집도 가까워서 친하게 지내는 소꿉동무였다. 게다가 사
치와 시라이시는 특히 친한 친구였다.

  "설문 조사 집계, 담임이 부탁해서."

  그러자 시라이시는 크게 한숨을 내쉬었다.

  "너 말이야…… 사람 좋은 것도 정도가 있는 거라고. 이런
일은, 학급 위원인 기쿠치하고 유카한테 시키면 되잖아."

  "뭐 어때서 그래. 지금은 동아리 활동도 안 하는데 뭐."

  "어떻지 않거든……."

  시라이시는 그렇게 말하고 가방을 의자에 내려놓고 나와

가까운 자리에 앉았다.

"그렇게 코 빼고 있으면서, 아무렇지도 않은 척 주위 사람들한테 씩씩하게 친절을 베푸는 거 보면, 보는 사람이 더 마음 아프단 말이야."

시라이시의 말에 가슴이 콕콕 쑤셨다.

'그래, 그거 때문……이었어. 요즘 열흘 동안, 답답하게 느껴지던 게.'

나는 왜 그런지 씩씩하게 행동할 수가 없었다. 그날 이후로는, 아직도 사치가 살아 있는 것 같아서 전에 비해 마음도 훨씬 편안해졌다. 덕분에 주위 사람들이 걱정하지 않도록 평소처럼 편하게 대할 수 있을 정도가 되었다. 하지만 그렇게 하지 못했다. 내 안에 있는 뭔가가 강한 힘으로 내가 씩씩하게 행동하도록 내버려 두지 않았다. 마치 내가 씩씩하게 지내면 안 되는 듯한 뭔가가, 그 뭔가가 나를 그렇게 만들었던 것이다.

"좀! 듣고 있는 거야?"

"아, 응. 미안해, 걱정하게 해서. 하지만 진짜 괜찮아. 너, 오늘도 알바 있지? 지각하겠다."

"응…… 그럼 좋아. 진짜 무리하지 않기다. 누가 오면 좀 거들어 달라고 해. 그럼, 여자애들은 거절할 사람, 거의 없을 테니까."

시라이시는 생글생글 웃으며 가방을 들고 교실을 나갔다. 나는 시라이시가 문을 닫는 것을 확인하고 의자에 똑바로 앉아 마음을 고쳐먹었다.

"그럼, 후딱 해치워 볼까나."

나는 기운을 북돋기 위해 볼펜을 빙글 한 바퀴 돌리고 설문지 집계를 시작했다. 조금 전까지의 어두웠던 내가 거짓말처럼 목소리가 시원하게 잘 나왔다.

나는 교무실에 설문 조사 집계한 것을 갖다 두고 도서실로 향했다. 벌써 5시가 넘었다.

도서실 문을 열자 거기에는 다시 그 조용한 공간이 펼쳐졌다. 하지만 나는 이제 그 조용한 분위기에 완전히 익숙해져서 오히려 그런 분위기 속에서 사치의 낙서를 읽는 것이 좋아졌다. 그래서 언제나 사람들이 없는 방과 후에 도서실을 찾았다.

문득, 카운터에 앉아 있는 아이와 눈이 마주쳤다. 실내화가 초록색인 걸 보면 1학년일 것이다. 도서 위원인 그 애도 거의 날마다 와 있었기 때문에 우리는 이야기를 나눈 적은 없지만 서로 얼굴은 알고 있었다. 사치 때도 그렇고, 이 학교 도서 위원은 한 명밖에 없나? 그런 소박한 의문이 들었지만 그보다 나의 관심은 온통 그 책에 가 있었다. 나는 도서실 안쪽 구석에 있는 책장으로 가서 밑에서 두 번째 칸, 일곱 번째 자리에 꽂혀 있는 책을 뽑았다.

내가 편지를 쓰고 있는 지금은 하늘이 참 맑아. 구름 한 점 없는 하늘. 하지만 내가 가장 좋아하는 건 구름이 좀 낀 하늘인가? 문득 그런 생각을 해 봤어. 한 가지 빛깔보다 두 가지 빛깔이 재미있으니까. 그런데 하늘은 이상해. 파랗고, 때로는 빨갛고, 때로는 까매. 슬플 때는 눈물을 흘리고, 화날 때는 천둥 치고. 마치 사람의 마음 같아. 지금, 아키라의 하늘은 어떤 빛깔일까?

−아오바 사치

나는 문득 창밖을 내다보고, 당장이라도 비가 쏟아질 것처럼 흐린 하늘을 확인했다. 그러고는 조금 허무해져서 가벼운 농담을 섞어, 지금 나의 하늘은 흐리다고 답장을 썼다. 거짓말은 하고 싶지 않았다.

다음 날, 여전히 하늘에는 구름이 덮여 있었다.

평소처럼 통학로를 걷고 있었다. 나는 언제나 여유 있게 일찍 등교하기 때문에 이 시간대에는 통학로를 걷는 학생들의 모습은 거의 볼 수 없었다. 다만, 이른 아침 시간이라도 길은 출근하는 사람들로 붐볐다.

사치와 둘이서 이야기하며 등교하던 기억을 떠올렸다. 하지만 무슨 이야기를 했는지 그 내용은 하나도 기억나지 않았다.

딸랑.

방울 소리……다. 북적거리는 사람들 때문에 소리를 정확히 듣지는 못했지만, 아주 잠깐 분명히 방울 소리가 울렸다. 나는 그 자리에 멈춰 서서 주위를 둘러보았다. 지나가는 사람들이 의아한 눈길을 던지며 흐름에 거스르는 내 옆을 지나갔다.

그때 문득 한 사내아이가 눈에 들어왔다. 그 아이는 울고 있었다. 다섯 살 정도나 됐을까. 한 손에는 아이스콘이 들려 있었고, 바닥에는 흐물흐물해진 하얀 아이스크림이 떨어져 있었다. 곧바로 상황을 이해할 수 있었다. 나는 사내아이가 아이스크림을 샀을, 가까이에 있는 차로 갔다.

"바닐라 아이스크림 하나 주세요. 콘으로."

나는 가방에서 지갑을 꺼내 값을 치렀다. 그리고 바닐라 아이스크림을 손에 들고 사내아이에게로 갔다.

"자, 형 아이스크림 줄게. 울지 마."

사내아이에게 아이스크림을 내밀었다. 그러자 사내아이의 얼굴이 순식간에 웃는 얼굴로 바뀌었다.

"우아…… 고맙습니다, 형!"

"아냐 뭘, 이제 떨어뜨리지 마라."

나는 사내아이에게 손을 흔들며 헤어졌다. 하늘을 올려다보았다. 아까보다 조금 맑아진 것 같았다. 오늘은 오후부터 하늘이 맑게 갤 모양이다.

점심시간을 알리는 종이 울리자 교실은 순식간에 와자해졌다. 나는 시라이시와 둘이서 도시락을 먹으면서 매점에 간 야마네를 기다리고 있었다.

사치가 있을 때는 넷이서 점심을 먹었다. 그런 추억이 있어서 우리는 자주 셋이 모여 점심을 먹곤 한다.

"아, 야마네 왔다."

야마네가 노골적으로 무슨 일이 있었다는 표정으로 교실

에 들어왔다.

"너, 왜 그래……?"

시라이시가 참지 못하고 물었다. 그러자 야마네는 조그만 플라스틱 팩을 내밀었다.

"라이스볼 40엔, 이게 오늘 점심이야."

투명한 비닐 팩에는 밥을 뭉쳐 김가루를 묻힌 것이 달랑 하나.

"지갑에 52엔밖에 없었어어어!"

야마네는 아쉬운 듯 소리쳤다. 시라이시는 하도 어이없어서 말도 나오지 않는다는 표정이었다.

"야야, 돈 빌려 줄 테니까 당장 더 사 와."

"오오! 과연 아키라!"

나는 가방에서 지갑을 꺼내려고 했지……만, 없었다. 그러고 보니, 오늘 아침에 아이스크림을 사고 다시 가방에 넣은 기억이 없다.

"미안해 야마네. 지갑…… 잃어버렸나 봐."

"뭐? 잠깐, 너 괜찮아?"

둘이 걱정스레 나를 바라보았다. 이럴 때는 본인보다 주변에서 더 초조해하는 법.

"지금 가서 찾아올게."

"우린 가방을 찾아볼게. 찾으면 바로 문자해."

나는 둘에게 고개를 끄덕이고 종종걸음으로 신발장으로 향했다.

아침에 골똘히 생각하면서 걸었기 때문일 것이다. 길에 떨어뜨린 것 같았다.

"어……?"

신발을 꺼내려고 신발장 문을 열자 그 안에 내 지갑이 들어 있었다. 어떻게 된 일인지 까닭은 알 수 없었지만 걱정하는 야마네와 시라이시를 위해 재빨리 교실로 돌아갔다.

"어, 되게 빨리 왔네."

야마네와 시라이시는 내 가방 속에 든 것을 꺼내 놓고 지갑을 찾고 있는 중이었다.

"신발장에 들어 있었어."

"잘됐다! 지갑 안에 학생증 같은 거 들어 있었지? 그거 보고 누군가 갖다 놓은 거라고."

"어어…… 그래도 있지. 너희 둘은 내 신발장 번호, 알아?"

둘은 입을 벌린 채 얼굴을 마주 보았다. "몰라." 그 표정이 그렇게 말하고 있었다.

방과 후, 나는 또 사치가 보낸 낙서 편지를 보기 위해 도서실로 향했다.

오늘은 엄청 무섭게 생긴 사람을 봤어. 머리칼을 삐죽삐죽 세우고 검은 가죽 옷을 입었는데, 어깨랑 팔꿈치에 뾰족뾰족한 징이 박혀 있지 뭐야. 그거에 찔리면 위험하겠지, 틀림없이? 그 사람, 역 쪽으로 가던데, 혹시 전철과 구급차가 나란히 달리지나 않을까 몰라.^^ 하지만 개성 있어 보이는 건 부러웠어. 아키라, 넌 그렇게 무시무시하게 생긴 사람, 본 적 있어?

　-아오바 사치

나는 카운터에 앉아 있는 도서 위원이 알아차리지 못할 정도로 조그맣게 키득키득 웃었다. 그러나 그 웃음은 잠시 뒤에 맥없이 자조 섞인 웃음으로 바뀌었다.

사치는 재미있는 애다. 편지 왕래를 시작한 뒤로 그런 생각을 많이 했다. 그리고 이제야 내가 그것을 알게 된 것이 미치도록 괴로웠다. 8개월 동안 사귀었는데 지금에야.

겨우 지금 알게 된 것이다. 나와 사귀는 동안, 사치가 날마다 동아리 활동이 끝날 때까지 나를 기다려 줬던 몇천 시간. 휴일에 내가 동아리 활동을 하러 갈 때조차 사치는 나와 함께 학교에 가 줬고, 함께 돌아왔다. 그때 함께 걸은 몇백 시간. 둘이서 놀았던 몇백 시간. 그 정도로 서로를 위해 많은 시간을 함께 보내면서 8개월이란 시간을 쌓아 왔건만, 둘의 거리는 분명 처음 사귈 때와 단 1밀리미터도 줄어들지 않았을 것이다.

　우리 둘 다 서로에게 다가가지 않았던 것은 아니다. 단지 내가 그 거리를 좁히지 않고 걸은 탓이다. 우리 사이가 원만하게 보인 것은 사치의 착한 성품 덕분이었다. 나는 사치에게 나 자신을 밀어붙이기만 했을 뿐이다. 사치는 그런 나를 끝까지 불평 없이 받아 주었다. 편지 왕래 덕분에 이야기할 기회가 서로에게 똑같이 주어지고 나서야 마침내 깨달았다. 사치가 보는 세상의 빛깔을, 풍경을, 나도 조금씩 느낄 수 있게 되었다. 그리고 그것을 깨달을 때마다 내 자신이 싫어졌다. 이제 두 번 다시 돌이킬 수 없다는 사실이 땅을 치고 싶을 정도로 후회스럽고, 동시에 내 자신이 한심했다. 하지만 나는 편지 쓰기를 멈출 수 없었다.

　왜냐하면 사치를 알면 알수록 사치가 더 좋아졌으니까.

제 3 화

"자, 다음은 구도 아키라지. 들어가."

나는 담임이 시키는 대로 빈 교실의 문을 열었다.

오늘, 우리 반에서는 교사와 학생 간 2자 면담이 있었다. 머지않아 실시되는 교사, 학부모, 학생이 함께하는 3자 면담에 대비하여 진로에 대해 미리 학생의 의견을 들어 둔다는 취지였다.

"엇, 제1지망이 M대학이라⋯⋯."

담임은 미리 받아 둔 진로 희망 조사서와 그간의 시험 결과를 번갈아 보면서 그렇게 중얼거렸다.

"네, 그 대학에 가서 아버지처럼 의사가 되려고 합니다."

"그래, 그 대학은 의학부에 주력하고 있으니까. 뭐, 네 성적 정도면 착실히 공부하면 들어갈 수 있겠지. 그런데 그래도 괜찮겠냐?"

"뭐가요?"

"축구 말이다. 너 어렵게 선발에 들었잖아. 성적이나 설비
는 M대학에는 좀 뒤질지 모르지만, S대학은 축구도 유명하
고 의학부도 있는데?"

대학에서 축구를 한다는 건 생각도 해 보지 않았다. 하지
만 생각해 보면 선생님의 질문은 당연한 것인지도 몰랐다.
왜 그런 생각을 하지 못했을까.

"아닙니다, 전, 대학 가서는 축구할 생각이 없습니다."

나는 그렇게 대답했다.

그리고 진로에 대해 선생님과 좀 더 이야기를 나누고 면
담을 마쳤다.

"야, 제1지망 어디로 했냐?"

교실로 돌아오자마자 기다렸다는 듯이 야마네가 물어 왔
다. 시라이시도 흥미로운 듯이 내 대답을 기다렸다.

"M대학."

"M대학, 참 너다운걸."

"뭐? 왜?"

둘은 동시에 완전히 다른 반응을 보였다. 야마네와 시라이시는 자기도 모르게 마주 보고 어느 쪽이 먼저 이야기할지 타이밍을 보고 있는 듯했다.

"응? M대학은 초일류 사립대잖아. 뭐가 문제야?"

"그래도 M대학은 축구 쪽은 무명이잖아."

시라이시의 말에 야마네가 그렇게 설명하자 시라이시는 곧바로, "아 그렇지!"라는 얼굴을 했다.

"야야, 야마네. 난 대학 가면 축구는 안 할 거야."

야마네는 믿을 수 없다는 표정으로 나를 보았다. 나는 야마네가 그런 반응을 보일 줄은 몰랐기 때문에 솔직히 어떻게 반응해야 할지 난처했다.

"너, 아깝지도 않아?"

야마네는 이번에는 일어나서 항의했다. 교실 전체가 자신을 주목하고 있는 것도 상관없다는 기세였다.

"야, 왜 열을 내고 그래? 난 프로 선수가 될 것도 아닌데."

야마네는 반쯤은 진심으로 화난 듯이 보이기조차 했다. 나는 안절부절못하고 있었다. 남을 화나게 한 것은 오랜만이었다. 옆에 있던 시라이시는 끼어들지 않고 단지 야마네와 나를 번갈아 볼 뿐이었다.

"그런 말이 아니라고! 아키라, 너 그렇게 신 나게 축구했잖아!"

순간, 내 표정이 흐려졌을 거란 생각이 들었다. 나는 대학에 가서는 의사가 되기 위해 열심히 공부하기로 마음먹었다. 대학에서 축구를 하겠다는 생각 따위 애초부터 없었고, 지금도 없다.

"착각하지 말라니까. 나는 딱히 축구를 좋아하는 건 아냐. 야마네."

정신을 차리고 보니, 내가 그렇게 말하고 있었다. 내 안의 울적함을 떨쳐 내 버리려는 듯.

그 말을 들은 야마네는 다시 천천히 자리에 앉더니 잠시 잠자코 있었다. 나는 수업이 끝날 때까지 몹시 마음이 편치 않았다.

선생님과 면담했다고……. 아키라는 역시 대학에 진학하려나……. 머리가 엄청 좋으니까 정말로 나는 상상도 못하는 대단한 대학에 들어가겠지. 대학 진학 문제에 대해, 내가 한 가지 말해 볼까? 내 예상은 M대학이야. 어때, 맞춘 거야?

너무 놀란 나머지 나는 한숨을 내쉬며 그 자리에 주저앉았다. 이제 사치가 나의 희망 대학을 알아맞히는 것쯤은 당연하다는 생각마저 들었다. 그리고 나도 사치의 진로에 대해 생각해 봤지만 도무지 짐작도 할 수 없었다. 그런 내 자신이 한심해서 아까보다 더 크게 한숨을 내쉬었다.

"뭐라고, 쓰지……."

조금 전에 야마네와 그런 일이 있었던 뒤라 솔직히 진로에 대해서는 말하고 싶지 않았다.

'하긴 뭐, 어제 내가 먼저 이야기를 꺼냈지…….'

나는 잠시 생각하다가 퍼뜩 떠올랐다.

'사치한테 물어봐야지, 아까 그 일에 대해서.'

그리고 나는 주머니에서 볼펜을 꺼내, 다음 페이지에 답장을 쓰기 시작했다.

빙고. 어떻게 알았지? 내가 말했던 적이 있던가? 아 참, 아까 선생님과 야마네가 나더러 대학 가서 축구를 하지 않겠느냐고 물었어. 나는 대학에 들어가면 의사가 되기 위해 공부에만 전념할 생각이기 때문에 축구는 하지 않겠다고 말했는데……. 사치, 너는 어떻게 생각해?

다음 날, 사치에게 받은 답장에는 이렇게 쓰여 있었다.

왜 그렇게 말했을까? 그게 아키라와 어울린다고 생각해서?^^ 으음, 축구 말이야. 혹시, 많이 화난 거 아닌가 몰라?^^ 어떻게 설명해야 좋을지 모르겠는데, 내가 보기에 야마네는 너를 무척 동경하는 것 같거든. 너의 축구 실력에 대해서도, 너란 사람에 대해서도. 이렇게까지 말하면 좀 과장일 수도 있지만, 야마네에게는 너란 존재가 목표 같은 거 아닐까? 그래서 축구를 계속하길 바라는 걸 거야. 이건 순전히 내 추측이지만. 한 가지 더 덧붙이면, 나는 너 스스로 결정한 일이라면 찬성이야. 의사가 되는 건 훌륭한 일이라고 생각해.

'야마네…… 그랬구나…….'

야마네가 나를 그런 식으로 보고 있었다는 건 까맣게 모르고 있었다. 아니, 지금 생각해 보니 짐작 가는 구석이 없는 것도 아니다.

어쩌면 사치는 사람을 보는 천재적인 안목을 가지고 있는지도 모른다. 요즘 내가 부족하다고 느끼는 것을 사치는 전부 가지고 있었다. 나도 사치에 대해서 알고 싶었다. 이제부터라도 늦지 않을 거다. 나는 그렇게 생각하고, 어제까지 몰랐던 사치의 진로와 꿈에 대해서 물어보기로 했다. 사치에 대해서 조금이라도 많이 알아야겠다고 생각했다. 그 애가 곁에 있을 때는 알려고 하지 않았으니까.

"어!"

주머니에 볼펜이 없었다. 요즘 생각에 빠져 사는 탓인지 툭하면 물건을 잃어버린다. 얼마 전에는 지갑을 잃어버렸는데.

오늘은 무슨 일인지 도서 위원 후배가 없었다. 휙 돌아보니 카운터에 있는 펜이 눈에 들어왔다. 돌고래 캐릭터 펜. 늘 카운터에 앉아 있던 그 애가 쓰는 볼펜이었다. 어쨌든 그 펜을 쓰려고 손에 쥔 순간 꺼끌꺼끌한 감촉이 느껴졌다. 자세히 보니 손잡이 부분에 무수하게 흠집이 나 있었다. 물어뜯는 버릇 때문에 펜 끝부분을 잘근잘근 씹는 아이는 있지만, 손잡이 부분에 흠집이 있는 것은 어느 모로 보나 자연스럽지 않았다. 그 까닭을 이것저것 생각해 봤지만 답이 나오지 않았다. 아무튼 사치에게 답장을 쓰고 나서 펜을 도로 제자리에 놓았다.

점심시간을 알리는 종이 울렸다. 점심을 먹으려고 책상에서 도시락을 꺼내는데 책상 속에서 소리가 났다. 무슨 소린

가 싶어 책상 속을 살펴봤더니 거기에 내 펜이 있었다. 나는 펜을 책상 속에 넣어 둔 기억이 없었다.

"너, 뭐 해?

시라이시가 도시락 주머니를 든 채 물었다. 나는 적당히 얼버무리고 얼른 점심을 먹자고 재촉했다.

"담력 시험 하자!"

매점을 다녀온 야마네가 문을 열자마자 내뱉은 첫마디였다.

"담력 시험? 아직 5월인데."

"그럼, 신춘 담력 시험."

명칭의 문제가 아니다.

"어, 아키라 너 못 들었니? 요즘 나도는 유령 얘기."

나는 그렇게 말한 시라이시를 보며 모른다는 얼굴을 하자 야마네가 설명해 줬다.

"나도 확실히는 모르는데, 물건들이 제멋대로 움직이기도 하고, 방과 후 아무도 없는 교실에서 이상한 소리가 나기도 하고……."

"있을 수 있는 이야기네 뭘."

"으음, 그렇긴 하지만, 요즘 그런 얘기를 되게 많이 들었거든."

그렇게 말하면서 시라이시는 야마네의 튀김을 집어 들었다.

"앗, 야! 먹고 싶으면 매점 가서 사 오든가! 이거 네 개에 240엔이나 한다고! 40엔 내!"

"네 개에 240엔이면, 한 개에 60엔인데."

"시끄럿, 암튼 돈 내."

"알았어, 알았어, 줄게. 40엔이면 되지?"

그리고 둘은 여느 때와 마찬가지로 싸움으로 발전했고, 나 혼자만 입을 다문 채 있었다.

"아이고 참……."

유령이라…….

솔직히 마음이 내키지 않았다. 지금 사치가 바로 그와 비슷한 상황이기 때문에 그런 일로 장난치고 싶은 마음은 없었다. 나는 사치의 일을 되도록 아무에게도 말하고 싶지 않았다.

"아키라는 못 들었나 보다. 유령 이야기."

별안간 뒤에 있던 여자애가 말을 걸어왔다. 아무래도 같이 밥을 먹는 아이들과 한창 그 이야기를 하고 있었던 것 같다.

"응, 못 들었는데. 그렇게 소문이 자자해?"

내 말에 이번에는 안쪽에 앉은 여자애가 대답해 줬다.

"응, 운동부 사이에서는 특히나 더. 하긴, 학교는 이런 이야기가 금세 퍼지니까 그렇게 호들갑 떨 것도 아니지만."

"응응. 어쨌든 방과 후 같은 때, 방울 소리가 울리면 진짜 무섭잖아?"

"그래그래, 나 그 소리 들었어. 진짜 무섭더라."

어……?

방울……소리라고?

"어? 아키라?"

"아…… 아니, 구체적으로 방울 소리라는 얘기가 나오니까 좀 오싹해서."

나는 적당히 웃음으로 얼버무렸다. 너무 놀란 나머지 얼굴에 그대로 드러나 버렸나 보다.

방울 소리란 말에 내 안에서 초조함과도 같은 뭔가가 올라왔다. 그 소리는 나에게만 들리는 줄 알았는데 아니었나 보다.

유령……. 나는 지난번에 있었던 지갑 사건, 그리고 조금 전에 본 펜의 모양이 머릿속으로 스쳐 지나갔다. 이 소문이…… 단순한 소문일까? 마침내 그런 의문이 들기 시작했다.

'그렇다면 나는 아이들이 보지 못하도록 사치를 숨겨야 한다.'

그런 사명감을 느꼈다.

나는 담력 시험에 참가하기로 마음먹었다.

시간은 밤 10시. 결행일은 그날 밤이었다. 나는 일찍 가서 사치에게 답장을 써 두었다. 담력 시험에 대해서는 쓰지 않았다.

"참가자가 꽤 많네."

우리 반 아이들뿐 아니라 다른 반 아이들까지 30명 정도가 모였다.

"네가 온다니까 여자애들이 몰려들어서…… 그리고 여자애들이 온다니까 남자애들이 우르르 몰려들었고……."

"그렇게 된 거다, 이 말씀."

야마네의 말에 고개를 끄덕이는 시라이시. 오늘은 아르바이트가 없는 날인지 시라이시도 참가하는 모양이었다.

"좋아, 그럼 갈까?"

야마네가 참가자 모두를 교내로 안내했다. 마침내 학교 안으로 몰려 들어갈 모양이었다. 나는 공식전인 PK(대규모 다중 사용자 온라인 롤플레잉 게임에서 아무 이유 없이 남의 캐릭터를 죽이는 사람 또는 그런 행위–옮긴이)보다 훨씬 긴장하고 있었다.

한밤의 학교 안은 독특한 분위기를 자아냈다. 소등 시간이 지났는지 초록색 비상구 불빛과 몇몇이 가지고 있는 손전등 이외에는 불빛이 없었다. 나는 동아리 활동으로 밤까지 교내에 있을 때가 많았지만 역시 불빛이 전혀 없는 지금과는 분위기가 전혀 달랐다.

어떻게든 도서실로 가고 싶었다.

만일 사치가 교내에 있다면 역시 그곳일 것이다. 노골적으로 아이들을 도서실에 가지 못하게 막으면 의심받을 것 같았다. 모두가 우르르 몰려가기 전에 앞질러 도서실로 가고 싶었다.

"꺄악!"

무슨 소리와 함께 여자애의 비명이 울렸다. 무슨 소리는 야마네가 소화기에 걸려 넘어진 소리였다. 마침 좋은 기회였다. 나는 마음속으로 야마네에게 고맙다고 말하고는 소란을 틈타 이때다 싶어 도서실을 향해 뛰었다.

"겨우겨우 왔어……."

하지만 온 것까지는 좋은데…….

"여기 와서 어쩌려고? 구도 아키라."

도서실에 왔지만 딱히 할 수 있는 일도 없었다. 뛰어오느라 지친 내 모습이 얼마나 바보 같던지 어이가 없어서 피식 웃고 말았다. 시끄러워지기 전에 야마네에게 돌아가려고 일어나려는데, 바로 그 순간.

딸랑딸랑.

방울 소리!

순간적으로 벌떡 일어나 소리 나는 곳을 찾았다.

"가까이에 있어……."

사치와 편지 왕래를 시작한 그날 이후로 계속 그 방울 소리를 듣긴 했다. 등·하교할 때나 도서실에 있을 때 곧잘 들었지만 그 소리는 그걸 의식하고 사는 나에게만 들릴 정도로 희미했다. 그러나 이번에는 분명 다른 때보다 가까이서 소리가 났다. 처음 들었던 그때만큼이나 가까이서.

나는 곧바로 손으로 도서실 문을 잡았다.

'여기밖에 없어……'

긴장해서 심장박동 소리가 높아졌다. 얼마나 쿵쿵 뛰던지, 진심으로 심장이 입 밖으로 나올까 봐 걱정됐다. 나는 칼칼해진 목에 억지로 침을 흘려 넣었다. 그리고 문을 잡고 있는 손에 힘을 주었다.

"아, 아키라! 여기 있었던 거야?"

"야마네, 시라이시!"

목소리를 듣고 나는 순간적으로 손에 주었던 힘을 뺐다.

"뭐 하고 있었냐, 이런 데서. 네가 사라져 버리니까 여자애들이 진짜로 겁먹고 모두 밖으로 나가 버렸잖아."

"아, 미안. 화장실에 좀 가려고 했어."

조바심이 났다. 이 둘을 빨리 여기서 멀어지게 해야 한다. 이 둘이 여기를 봐서는 안 된다는 근거 없는 생각에 나는 안절부절못하고 있었다.

'무슨 이야기든 해서 얼른 여기를 떠나야 해.'

"근데 너 진짜로 뭐 하고 있었냐? 도서실에 들어가려고 했던 것 같은데, 이 안에 뭐가 있는데?"

"야, 야!"

말릴 틈도 없었다.

시라이시가 도서실 문을 열었다. 너무도 쉽게, 열어서는 안 되는 문을.

나는 눈을 감을 새도 없이 그저 어안이 벙벙할 뿐이었다.

"이게 뭐야, 너 이런 장치까지 만들어서 우리를 놀래려고 했던 거냐? 의외로 열의가 있었잖아."

야마네의 입에서 나온 첫마디였다.

깜깜한 도서실 안에서 허무한 듯 오도카니 빛나는 빛이 있었다.

정체불명의 불빛.

"야마네…… 미안하지만 저건 내가 만든 게 아니야……."

"어……."

딸랑딸라라라앙.

방울 소리와 동시에 으스스한 그 빛이 사라졌다. 우리 셋은 서로 얼굴을 바짝 들이대고 입을 떡 벌린 채 마주 보았다.

"아아아아아아악!"

"캬아아아아아악!"

"으아아아아악!"

누가 신호를 한 것도 아닌데 우리는 동시에 젖 먹던 힘을 다해 뛰기 시작했다.

"하아…… 하아."

모두들 숨을 헐떡였다. 전력 질주를 했으니 당연한 일이었다.

"유, 유령 같은 게…… 진짜로 있는 거냐?"

"농담하지 마……."

'정말 그게 무엇이었을까. 설마, 정말로 사람의 혼 같은 거? 방울 소리는 분명히 그 안에서 들렸던 것 같은데……. 그 빛과 무슨 상관이? 게다가…….'

"아키라…… 너, 그걸 보고도 어쩜 그렇게 침착하냐?"

나는 너무 많은 생각을 한 탓에 공포라는 감정이 숨어 버린 것 같았다. 그 때문인지 방금 그런 것을 봤는데도, 나 자신도 놀랄 정도로 냉정했다. 아무튼, 방금 본 것은 얼버무려서 넘겨야 했다.

"아…… 그거, 내가 만든 장치거든."

말없는 두 사람. 예상한 반응이었다. 그리고 잠시 정적이 감돈 뒤.

"아키라, 너어!"

"징난도 좀 봐 가면서 치라고!"

둘이 호랑이 같은 얼굴로 변해 나에게 달려들었다. 하지만 어쨌거나 감쪽같이 속아 넘어간 것 같았다.

"야, 너희들 왜 그래!"

소동을 듣고 달려온 다른 참가자들이 속속 모여들었다. 야마네가 사정을 설명하자 모두 배꼽이 빠져라 웃으며 둘을 놀려 댔다. 덕분에 야마네와 시라이시가 그 애들에게 화풀이를 하는 바람에 나는 그 둘로부터 무사히 해방되었다. 둘이 나에게 인정사정 보지 않고 덤벼든 것 같았지만 살살 다뤘는지 썩 아프지는 않았다.

"아키라, 가자."

여자애 하나가 손을 내밀었다. 다른 애들도 모두 야단법석을 떨면서 벌써 교문 쪽으로 가고 있었다. 나는 그 여자애에게 고맙다고 말하고 일어났다.

"만날 그렇게 장난치면, 진짜 중요한 순간에는 아무도 안 믿을걸."

"헤헤, 그럼 큰일인데. 오늘부터 늑대가 나타나지 않도록 날마다 기도해야겠다."

나는 그런 시답잖은 농담을 하면서 그 애를 데리고 종종걸음으로 다른 아이들과 합류했다.

'아, 그러고 보니 도서실에서 도망칠 때 세 명의 비명이 들 렸는데, 야마네와 시라이시와 또 한 명은 누구였지? 여자애 목소리였던 것 같은데…….'

이튿날, 지금까지 그토록 끙끙거리며 노력해도 안 되더 니 자연스럽게 쾌활하게 행동할 수 있었다. 그 원인은 어제 '씩씩해질 수 있는 동기'가 생겼기 때문일 것이다. 앞으로는 '사치의 죽음을 극복한 구도 아키라'로서 살아가는 거다. 하 지만 왠지 내가, 내가 아닌 것 같아서 썩 유쾌하지는 않았 다.

방과 후, 도서실에 가자 오늘은 도서 위원이 있었다. 무슨 일이 있었는지 이마에 커다란 반창고를 붙이고 있었다. 나 는 며칠 전에 허락 없이 볼펜을 쓴 것도 말할 겸해서 말을 건넸다.

"어쩌다 다친 거야?"

다짜고짜 그렇게 묻자 소녀는 놀랐는지 안절부절못하다가 잠시 뒤에 대답했다.

"아…… 어제 좀 부딪혔어요."

"여자는 얼굴에 상처 나지 않도록 조심하는 게 좋아."

그렇게 말하면서 그 애를 자세히 보니, 어디선가 본 기억이 있었다.

"어, 너 혹시, S중학교 출신? 취주악부에서 색소폰 불지 않았어?"

그 애는 무척 놀란 얼굴로 고개를 끄덕였다.

나는 사람의 얼굴을 기억하는 건 자신 있었다. 그것은 나의 소중한 능력이었다.

"색소폰 부는 솜씨가 대단해서 1년 후밴 줄 알았더니, 2년 후배였구나."

"고맙습니다. 저도 아키라 선배에 대해서 잘 알아요, 유명했잖아요. 그리고 사치 선배도."

"사치를?"

깜짝 놀랐다. 중학교 때 동아리 활동도 하지 않았던 사치를 후배가 알고 있다니 뜻밖이었다.

"사치 선배는 저랑 같은 도서 위원이었어요. 저한테 참 잘해 줬고, 또 추천 도서 같은 것도 잘 알려 줬거든요."

"그랬구나."

사치답게 맺은 인연이라 조금은 안심이 됐다. 내가 모르고 있던 사치의 또 다른 면을 알게 될 때마다 내 자신이 한심했다. 막 볼펜 이야기를 꺼내려는데 때마침 학생 한 명이 들어왔다. 타이밍이 좋지 않았다. 계속 이야기를 나누기 어려워진 우리는 자연스럽게 입을 다물어 버렸다. 그리고 서로 인사를 하고, 나는 그대로 그 책장으로 향했다.

그리고 방금 아무렇지도 않게 그 애와 나눴던 이야기 중에 묘하게 자연스럽지 않은 부분이 뒤섞여 있었음을 그제야 깨달았다.

그러나 이미 카운터에서 그 애의 모습이 사라진 뒤였다.

제 4 화

"그 애는……."

아까 그 애는 내가 사치에 대해 말하기 전에 먼저 사치에 대해서 말했다. 그러니까, 나와 사치의 관계를 이미 알고 있었던 거다. 우리가 사귈 때, 그 애는 아직 고등학교에 들어오지도 않았고 게다가 그 애가 입학한 뒤에도 사치는 채 열흘도 학교에 다니지 않았다. 그 애가 사치를 알고 있는 것이 어쩐지 자연스럽지 않았다. 사치가 휴대전화를 쓴 것은 고2 봄부터이기 때문에 둘이서 부지런히 연락을 주고받았다고 보기도 어려웠다.

"어떻게……."

사치에게 물어보고 싶었지만 그 애의 이름을 모르니 물을 수도 없었다. 하긴 이성적으로 생각해 보면 자연스럽지 않든, 그 애가 사치를 알고 있었든 문제될 것도 없었다. 나는 머릿속으로 그렇게 적당히 정리하고 반쯤 억지로 생각하기를 멈췄다.

"어머니, 다녀왔습니다."

거실에 들어가자, 어머니는 보던 텔레비전을 끄고 나에게 다가왔다.

"어머, 어서 와라. 기다리고 있었다, 밥 먹을래?"

나는 고개를 끄덕이고 식탁에 앉았다. 어머니는 식탁에 반찬을 꺼내 놓고는 맞은편 의자에 앉았다.

"아 참, 곧 3자 면담 있지? 그때 아버지가 가시겠대."

"아버지가요? 일은 어쩌고요?"

아버지가 3자 면담에 온다니, 뜻밖이었다. 학교 행사에는 거의 얼굴을 내밀지 않는데…….

"응, 휴가 내셨대. 아무튼 아버지 창피당하지 않게 해."

"걱정 마세요, 3자 면담 같은 거 아무것도 아니에요."

내가 그렇게 대답했지만 어머니는 몇 번이나 이것저것 나에게 충고했다.

"후유"

나는 어머니에게 공부하겠다고 말하고 내 방으로 올라와, 책상에 엎드린 채 한숨을 내쉬었다.

"삿 짱 인형……이잖아."

나는 굳어진 얼굴을 조금 풀고 선반에 장식해 놓은 봉제 인형을 손에 들었다.

"아 그럼다, 작년 크리스마스였던가."

이 삿 짱 인형은 작년 크리스마스에 사치가 나에게 선물한 것이다. 사치는 바느질 같은 걸 잘할 것 같아 보이지만 실제로는 솜씨가 없었다. 그런 사치가 만든 인형은 모양도 예쁘지 않았고, 게다가 왼쪽 다리가 뭉툭하고 이마에 독특한 무늬가 있는 고양이였다.

"지금 봐도, 이건 좀 심하네."

나는 피식 웃으면서 인형을 바라보았다.

"사치는 고양이를 좋아했지……."

고양이를 구하고 죽다니, 참 얄궂은 이야기지만 지금 생각해 보면 위험에 처한 고양이를 구하지 않고 죽는 걸 지켜보는 사치의 모습은 상상도 할 수 없었다.

"그러고 보니, 작년 크리스마스에 나는 뭘 줬더라? 손목시계였던가, 아마 그럴 거야."

나는 사치에게 줄 선물 때문에 늘 고민했다. 한 번도 말을 한 적은 없지만 그 애는 "아키라가 주는 건 뭐든 다 좋아."라고 진심으로 말할 수 있는 애였다. 결국 사치는 나에게 뭔가 사 달라고 한 적은 한 번도 없었…….

"아니, 딱 한 번 있었어. 아마……."

나는 긴장했을 때처럼 몸이 굳어지는 것을 느끼면서 신중하게 기억의 끈을 더듬었다. 그렇다 딱 한 번, 그 애가 나에게 뭔가를 사 달라고 졸랐던 적이 있다. 사귄 지 얼마 되지 않았을 때, 분명 둘이서 두 번째 놀러 갔을 때였다. 나와 함께 걷던 사치가 갑자기 가리키며 말했다, 내가 꼭 사 줘야 할 것이 있다면서.

재활용 가게에 진열돼 있던…… 50엔짜리, 작고, 낡은, 빨간색 종을.

머릿속이 새하얘졌다.

생각났다…… 그 종소리. 사치는 그날 이후로 그 방울을 휴대폰에 매달고 다녔다. 나는 늘 그 종소리를 들었을 것이다. 사치가 옆에 있을 때는 계속 울렸을 테니까…….

"장난하냐고 지금……."

나는 힘없이 그렇게 투덜거렸다. 그 무엇보다 방울 소리만은 꼭 기억해야 했다. 그 방울 소리는…… 나와 사치가 함께 있었던 증거나 마찬가지니까. 나는 그것을…….

나는 다만 빨리, 되도록 빨리 잠이 들어서 모든 것을 잊고 싶었다.

나는 지금 양호실에 있다. 수업 시간에 책상에 엎드려 있는 나에게 선생님이 양호실로 가라고 했기 때문이다. 그렇게 양호실행을 허락받은 나는 양호실 침대에 누워 쉬게 된 것이다.

"미안해…… 사치."

혼자 있게 되자 생각하지 않으려고 해도 절로 어제 일이 머릿속에 떠올랐다.

그 방울 소리, 그것이 나에게는 사치를 소중히 여기지 않았던 증거인 것만 같았다.

나는 언제나 내 생각뿐이었다. 단지 내 위치를 지키고 싶어서 계속 성격 좋은 인간을 연기해 왔다. 누구에게나 인정받는 우등생 자리를 계속 지키고 있으면 아버지는 나를 아들로 인정해 줬고 어머니는 흐뭇해했다. 그래서 나는 어려움을 당하는 사람이 있으면 돕기 위해 나섰고, 누구의 부탁이든 선뜻 들어주었다. 하지만 나에게 중요했던 건, 분명 어려움을 겪는 사람이 도움을 받는다는 사실이 아니라 어려움을 겪고 있는 사람을 도울 수 있는 사람이라고 주위 사람들에게 인정받는 것이었다. 그런 내 안에는 양심 따위 없었던 게 분명하다. 착한 사람의 가면을 쓴 몰인정한 인간. 그것이 나의 본성이었다. 끔찍하다……. 뼛속까지 끔찍한 자식이다, 나는.

"사치……, 너는 왜 나를 좋아한 거야?"

불현듯 내뱉은 그 물음에는 당연히 아무도 대답해 주지 않았다. 새하얀 천장을 올려다보며, 나도 저 천장처럼 아무것도 없구나 하고 생각했다.

또 방울 소리가 울렸다. 나는 그 소리를 듣고 스스로를 비웃듯 피식 웃었다. 기가 막혔다. 그대로 눈을 감고 이내 잠 속으로 빠져들었다.

잠에서 깨자 오후였다. 양호실에 온 것이 1교시였으니까 꽤 오래 푹 잔 모양이었다.

"어머, 일어났니? 지금 막 깨우려던 참이었어."

양호 선생님이 커튼을 젖히고 말했다.

"자, 이거 담임선생님이 갖다 주신 거야."

그렇게 말하고 내민 것은 내 짐이었다. 이번 주는 3자 면담 기간이기 때문에 3학년은 오전 수업뿐이었다. 쳇, 꼭 잠자러 온 것 같잖아, 그렇게 생각하면서 대충 돌아갈 채비를 하는데 종이쪽지 하나가 눈에 들어왔다. 내 침대에 놓여 있었던 것일까. 아무튼 궁금해서 주워 보니, 거기에는 메모가 적혀 있었다.

"그 답을 물어보면 되잖아? 본인에게."

그 쪽지는 누가 누구에게 보낸 메시지인지 알 수 없었다. 다만, 나는 마음에 걸리는 게 있어서 잠깐 그 종이쪽지를 내려다보고는 교복 주머니에 넣었다. 준비를 마치고 양호 선생님과 가볍게 인사를 나누면서 혹시 누가 다녀가지 않았냐고 물어봤다.

"너 말고? 아니, 여기엔 아무도 안 왔어."

나는 머리를 긁적였다. 도무지 영문을 알 수 없었다.

도서실에는 도서 위원 후배는 없었다. 정오가 조금 지난 시간이기 때문에 아직 수업 중일 것이다. 나는 그 책장으로 가서 그 책을 뽑아 팔락팔락 페이지를 넘겼다.

　고마워 아키라. 나 오늘 깜짝 놀랐어. 연어가 흰 살 생선이래, 난 몰랐어! 연어는 오렌지색인데! 희지 않은데! 왜 흰 살 생선이지? 너는 똑똑하니까 알 것 같은데.

　그 편지를 보자 굳었던 얼굴이 절로 누그러졌다. 정말이지, 사치는 한없이 유쾌한 애다. 나는 곧바로 답장을 쓰려고 주머니에서 볼펜을 꺼냈다. 그리고 아까 양호실에서 주운 쪽지도 함께 꺼냈다.
　"그 답을 물어보면 되잖아, 본인에게."
　잠시 그 종이를 바라본 뒤, 나는 펜 뚜껑을 뽑고 다음 페이지에 답장을 썼다.

　연어는 먹은 먹이의 색소가 침착해서 색깔이 변한다는 이야기를 들은 적이 있어. 그러니까 어릴 때는 흰 살일 거야, 아마.

　사치, 이상한 거 하나 물어볼게. 너는 나의 어떤 점이 좋았어? 지금, 그게 알고 싶어.

두 쪽에 나눠 그렇게 썼다. 나는 크게 심호흡을 한 번 하고 책을 원래 있던 곳에 도로 꽂아 놓았다.

다음 날, 나는 오전 수업이 끝나자마자 서둘러 도서실로 향했다. 빨리 그 대답을 알고 싶었다. 아무도 없는 도서실에 들어간 나는 발소리 따위 신경 쓰지 않고 곧바로 그 책장으로 향했다. 그리고 책을 뽑아 들고 숨을 좀 가다듬고는 천천히 책을 펼쳤다.

내가 너를 좋아하게 된 이유? 그걸 쓰는 건 좀 창피한데.^^ 하지만 네가 알고 싶다면 쓸게.

초등학교 3학년 봄에 나는 처음으로 너와 같은 반이 되었어. 그때부터 넌 이미 학교에서 유명인이었지. 운동도 공부도 잘하고, 굉장히 착한 애라고 소문이 자자했거든. 하지만 나는 그런 말을 곧이곧대로 믿지는 않았지. 알아 버렸으니까. 네가 웃으며 친구들과 이야기한 뒤에, 그리고 싫은 얼굴 하나 하지 않고 솔선해서 귀찮은 일을 떠맡아 한 뒤에, 그토록 즐겁게 웃던 네가 아주 짧은 순간이지만 뭔가를 멸시하는 듯 슬픈 눈빛을 하고, 몹시 지친 얼굴을 하는 것을 나는 보고 말았거든. 너의 그 표정을 볼 때마다 나는 안타깝고 괴로웠어. 네가 무슨 생각을 하는지, 대체 어떤 사람인지 도무지 알 수가 없었으니까. 단지, 커다란 그림자가 언제나 너의 마음을 꽁꽁 묶고 있구나, 하고 막연히 생각했지.

결국, 네가 어떤 사람인지 알지도 못한 채, 나는 6학년이 되었어. 반이 달라지자 너와는 한동안 멀어지게 되었지.

그러던 어느 날, 친구와 집에 가다가 우연히 너를 봤어. 너의 시선 끝에는 버려진 고양이가 있었어. 그 고양이는 아주 작았고, 게다가 왼발을 심하게 다쳐서 제대로 걸을 수나 있을지 모르는 상태였어. 게다가 무엇보다 사람을 몹시 두려워했어. 목걸이는 하지 않았고, 입에는 작고 귀여운 빨간색 방울을 물고 있었어.

나는 걱정이 돼서 친구와 헤어진 뒤에 몰래 너를 보러 갔어.

'다른 아이들이 있으면 틀림없이 넌 그 아기 고양이를 구할 것이고, 그 뒤로는 어떻게 되든 관심도 없을 테지. 하지만 지금 넌 혼자야.'

그렇게 생각하자 그 다음 일이 걱정됐어. 네가 어떻게 나올까 궁금하기도 했고. 아무튼 진짜 너의 모습을 볼 수 있겠다는 기대에 가슴을 콩닥거리면서 몰래 지켜봤지.

그런데 네가 책가방을 내려놓고 이렇게 말했어.

"괜찮아, 난 너를 다치게 하지 않아. 난 아무도 상처받지 않기를 바라니까."

그리고 너는 아기 고양이를 보고 웃고는 꼭 안아 주었어. 아기 고양이를 안심시키기 위해서 너는 정말 더없이 따뜻한 미소를 지었어. 다른 때처럼 그늘진 미소가 아니었지, 아마도 너의 진심 어린 미소였을 거야. 아기 고양이가 팔을 할퀴는데도 넌 계속 말을 걸어 주고 미소를 잃지 않은 채 품에 안은 고양이를 하염없이 쓰다듬어 주었어.

있을 수 있는 이야기일 수도 있다, 뭐 그렇게 말한다면 그뿐일지도 몰라. 하지만 나에게는 무척이나 신선하고 특별한 광경이었어. 너의 진짜 모습이 착하다는 걸 알게 돼서 굉장히 기뻤어. 정신이 들고 보니까, 나는 꼼짝 않고 빨려 들어갈 듯이 너를 보고 있었어. 1초라도 더 너의 그 웃는 얼굴을 보고 싶었거든. 나는 웃는 모습이 그렇게 따뜻한 사람을 본 적이 없었으니까.

그 다음 날, 나는 버려진 고양이가 있던 곳을 다시 찾아갔어. 하지만 아기 고양이는 이미 거기에 없었어. 누가 데려갔는지, 죽어서 치워졌는지 알 수 없었지. 잠시 뒤에 네가 급식 우유를 들고 거기에 온 것을 보고, 네가 그 아기 고양이를 데려가지 않았다는 것만은 알 수 있었어.

그날부터 나는 온통 네 생각뿐이었어. 진짜 너의 모습이 보고 싶었고, 너를 알고 싶었어. 하지만 너에게 말 한 마디 건네지 못한 채 중학교를 졸업하고 말았어. 그래서 나는 열심히 공부해서 너와 같은 고등학교에 들어간 거야.

그런데 너는 중학교 때와 아무것도 변한 게 없었고 여전히 나는 너에게 말을 건넬 수가 없었어.

그날, 네가 도서실에 왔던 날, 이런 기회는 다시 오지 않을 거라고 생각했어. 그래서 너에게 말을 건넨 건데 고백까지……해 버렸어.^^ 나도 당황스러웠어. 나는 어느새 너를 좋아하고 있었던 거야.

이야기가 길어졌는데, 그렇게 된 거야. 아, 창피해.^^

한 가지 더 솔직하게 말하면, 나는 그 사건 덕분에 고양이를 좋아하게 됐어. 어찌 생각하면, 넌 나의 우상이 아니었을까나?^^ 너의 그 웃는 얼굴을 나 혼자서 차지해 버렸어.

페이지를 넘기자 이어서 또 쓰여 있었다.

이 말은 꼭 해 두고 싶은데. 너와 사귀는 동안 나는 무척 행복했어. 세상에서 가장 좋아하는 사람과 늘 함께 있었으니까. 그런데 어떻게 불평을 해.

– 아오바 사치

나는 사치의 편지를 다 읽은 뒤에도 아무 말도 할 수 없었다. 내 안에서 여러 가지 감정이 부풀어 올랐지만 도저히 그것들을 다 추스를 수가 없었다. 추스르지 못한 감정은 모조리 눈물이 되어 흘러내렸다.

사치가 그 방울을 사 달라고 졸랐던 건 나와의 추억을 만들기 위해서였던 것이다. 사치는 그날 이후 내내 나를 생각해 주었다. 조금 전까지 나를 괴롭혔던 방울 소리는 사치가 나를 좋아하는 증거였다. 눈물을 멈출 수가 없었다. 기뻐서…… 그리고 동시에 그 애한테 아무것도 해 줄 수 없다는 사실이 화가 나서…….

고마워 사치, 맹세할게. 네가 찾던 그 웃는 얼굴을 되찾겠다고.

나는 눈물에 글씨가 번지지 않도록 주의하면서 답장을 썼다. 이것이 내가 사치를 위해서 할 수 있는 유일한 것이었다.

나는 눈물로 얼룩진 얼굴을 누가 볼까 봐 책장에 기대고 앉았다. 그러고는 지칠 때까지 계속 울었다.

"다녀왔습니다."

거실에는 아버지와 어머니가 있었다. 마침 기회가 좋았다. 나는 가방을 내려놓고 교복 넥타이를 느슨하게 풀었다.

"어머, 어서 와라. 밥 먹어야지?"

"아니에요, 밥 먹기 전에 드릴 말씀이 있어요. 아버지."

내가 그렇게 말하자 아버지는 잠자코 신문을 식탁에 놓았다. 진지한 내 눈빛을 보고 무슨 눈치를 챈 것 같았다.

"내일 3자 면담이 있는데요, 저는 M대학에 가지 않을 생각이에요."

"뭐라고?"

"잠깐…… 무슨 말이니 아키라, 농담하지 마. 넌 아버지 같은 훌륭한 의사가 될 거잖아?"

어머니는 나에게 다가오더니 내 옷을 잡고 조금 초조한 표정으로 말했다.

"이유를 말해 봐라."

내 쪽으로 몸을 돌린 아버지의 눈빛이 날카로웠다.

"난 너 스스로 결정한 일이라면 찬성이야. 의사가 된다는 건 훌륭한 일이라고 생각해."

나는 얼마 전에 사치가 했던 말을 다시 생각해 봤다. 이제야 겨우 그 의미를 알게 됐다.

"너 스스로 결정한 일이라면."

아니……. 아니다. 대학에 들어가 의사가 되기 위해 공부에 진념하겠다고 했던 건 나 스스로 결정한 것이 아니다. 아버지가, 그리고 어머니가 결정한 것이다.

나는 가면을 벗어야 한다. 어릴 때 만들어서 지금까지 계속 쓰고 있는, 아버지가 원하는 최고의 아들을 연기하기 위한 두툼하고 단단한 가면. 방금 전까지는 쓰고 있는 것조차 몰랐던 그 가면. 18년 동안 계속 써 온 그것을 나는…… 벗어 버려야 한다. 그러니까 나는…….

"대학에서도 축구를 계속하고 싶어요."

그것은 내 솔직한 마음이었다.

"지금 농담하는 거냐? 넌 의사가 되려고 했잖아?"

아버지의 의견에 동조하듯이 어머니가 고개를 끄덕였다.

"의사가 되긴 할 거예요. 그래서 저는 국립 K대에 들어갈 생각이에요."

"국립 K대……라고? 국립 K대라면 하늘에 별 따기만큼이나 어려운 데잖아! 그만둬, 떨어지면 어쩌려고? 아버지 얼굴에 먹칠할 셈이니?"

어머니가 시뻘게진 얼굴로 내 교복을 잡아당기며 다그쳤다. 아버지는 단지 조용히 나를 보고만 있었다. 내 말을 기다리고 있는 게 분명했다.

"그 대학에 가면 만족스럽게 축구를 할 수 있어요. 그리고

M대학보다 실력도 있고, 의료 설비도 잘 갖춰져 있으니까 문제없잖아요, 아버지?"

"너 알고나 하는 말이냐? 국립 K대야!"

"알아요. 대학에 들어가기도 어렵고, 들어가도 동시에 두 가지를 소화하기 어렵다는 것도요. 하지만 저는 변하지 않으면 안 돼요. 진정한 저를…… 축구를 좋아하는 저를 응원해 주는 사람이 있으니까, 그 사람을 위해서라도. 그러니까……. 부탁이에요, 허락해 주세요."

나는 아버지에게 깊숙이 고개를 숙였다. 내가 아버지 말을 거스른 것은 태어나서 처음이었다. 하지만 두려움은 전혀 없었고 이상하게도 마음이 후련했다. 긴장한 채 눈을 감고 아버지의 말을 기다렸다. 어머니도 조용히 아버지의 대답을 기다리고 있었다.

"너도 이제 열여덟이다. 네 일은 스스로 결정해라."

"아버지……."

아버지는 어쩐지 조금 쑥스러워하는 것 같았다. 일부러 신문을 펼쳐 들고 강제로 대화를 중단시켰다.

"고맙습니다, 아버지."

나는 다시 한 번 깊숙이 고개를 숙였다.

아버지가 3자 면담에 가겠다고 한 이유는, 어쩌면 나에게 이런 말을 듣고 싶었기 때문인지도 모른다. 몹시 엄격한 아버지도, 아버지에게만 의존하고 사는 어머니의 모습도 절반은 내가 만들어 낸 인격이었던 거다. 뚜껑을 열고 보면 세상은 이렇게 밝다. 결국, 자신이 어떻게 보느냐에 달려 있는 것이다. 하늘도, 사람도.

모든 일이 잘될 것이다. 정말로 잘될 것 같았다. 나는 이 날, 전과 달리 놀라울 정도로 쉽게 잠이 들었다.

이튿날, 무사히 3자 면담을 마친 나는 종종걸음으로 도서실로 향했다. 사치에게 고맙다는 말을 하고 싶었다. 조금이라도 빨리 그 말을 하고 싶은 마음에 자연스레 걸음이 빨라졌다.

도서실 문을 연 순간, 기분 좋은 정적의 세계로 들어가는 입구가 열렸다. 나는 재빨리 그 책장으로 향했다. 얼핏 보니, 도서 위원인 후배가 카운터에 엎드려 있었다. 평소 같으면 책을 읽거나 할 일을 하고 있었을 텐데, '평소와 다른' 아주 사소한 그 모습에 왠지 불길한 예감이 들었다.

나는 황급히 책을 뽑아 들고 페이지를 넘겼다. 목소리가 나오지 않았다.

잘됐어, 아키라. 그리고 미안해, 아키라. 너에게 쓰는 편지는 이번이 마지막이야. 지금까지 고마웠어, 정말 즐거웠어. 갑자기 이런 말을 해서 정말 미안해. 잘 있어, 미안해.

-아오바 사치

줄곧 생각은 하고 있었다. 언젠가는 이런 순간이 올 거라고. 그런데 정말로 온 거다, 사치와 이별해야 할 시간이.

제 5 화

　시야가 일그러졌다. 그리고 시간이 멈춘 듯 나는 꼼짝도
할 수 없었다. 뒷걸음질 치지도 못한 채 그대로 멈춰 있었
다. 머리로는 줄곧 생각하고 있었다. 지금의 사치는 불안정
한 존재란 것을, 그리고 언제까지나 있을 수도 있고 혹은 갑
자기 이별의 시간이 올 수도 있다는 것을. 그리고 그런 일이
썩 자연스럽지도 논리적이지도 않다는 것은 깊이 이해하고
있었다. 그렇기 때문에 나는 믿지 못하는 것이 아니라……
인정하고 싶지, 않았던 거다.
　나는 그날, 사치와 편지 왕래를 시작한 뒤로 처음으로 답
장을 쓰지 않고 도서실을 나왔다. 만약 답장을 써 버리면 여
기에 사치가 남긴 이별의 말이 있었던 것을, 그리고 내가 그
말을 받아들인 것을 인정해 버리는 것 같았기 때문이다.

집에 돌아오는 길에, 여느 때처럼 시간을 때우기 위해 이곳저곳을 기웃거렸다. 하지만 서점에서 참고서를 찾을 때도, 옷 가게에서 옷을 볼 때도, 찻집에서 공부를 할 때도, 내 머릿속은 온통 이별의 말로 가득 차 있었다. 어떻게 하면 좋을까, 그런 생각은 할 여지도 없었다. 사치와의 이별에는 강제력이 있어서 마치 모르는 법률에 의해 판결을 받은 것 같았다. 내가 아무리 발버둥을 쳐도 사치와의 이별은 뒤집을 수 없는 것이었다. 거기에는 그런 절대성이 있었다. 지금 내가 할 수 있는 일은 사치가 통보한 이별을 인정하지 않는 것뿐이다. 내가 답장을 쓰지 않으면 나와 사치의 편지 왕래는 영원히 끝나지 않는 거다. 그런 생각 때문에 답장을 쓸 수 없었다. 알고 있다, 이건 단지 억지일 뿐이라는 걸. 하지만 나는 그 종지부를 인정할 수가 없었다.

집에 오자마자 어머니에게 저녁을 먹고 왔다고 둘러대고 곧장 내 방으로 올라가 그대로 틀어박혀 있었다. 식욕도 없었을 뿐 아니라 어머니와 함께 있으면 내가 고민하는 것을 들킬 것 같았다. 게다가 어머니에게 걱정을 끼치고 싶지 않았다. 해결책이 없는 고민거리는 의논해 봐야 소용이 없으니까.

"사치……."

나는 침대에 벌러덩 드러누워 사치가 선물한 고양이 인형을 번쩍 들어 올렸다. 그 인형은 나에게 일어난 일 따위 아무것도 모른다는 얼굴로 웃고 있었다.

편지 왕래를 시작한 뒤로 내 마음속에 그리는 사치는 언제나 웃는 얼굴이었다. 약간 장난기가 있는, 그래서 더 친근한 얼굴. 그와 반대로 나는 늘 오늘처럼 고민하며 침울해 있었다……. 하지만 그 대신, 진심으로 웃는 법을 배웠고, 나 자신에게 솔직하게 살아가는 법을 알게 됐다.

"고맙다고 답장을 쓰러 갔던 건데……."

그때 내 마음을 전해야 했다. 사치에게 마지막으로 고맙다고 말하고 싶었다. 하루에 한 통씩 주고받은 편지. 그 대상이 바로 사치였다. 사치는 이별의 말을 남기긴 했지만 틀림없이 마지막으로 한 번 더 내 답장을 확인하러 왔을 것이다. 그리고 내 답장을 보고 한 번 더 이별의 말을 하고 내 곁에서 사라질 생각이었던 거다. 사치는 오늘이나 내일, 다시 도서실에 올 게 분명하다. 그런데 내 답장이 없으면 그 애는 전에 남겼던 말을 끝으로 나에게서 떠날 것이다. 만약 내가 이 마음을 전한다면, 다음에 사치가 올 그때가 마지막이 되는 거다. 지금 학교에 돌아가서 답장을 써도 늦지 않을지도 모른다. 하지만 생각과 달리 발은 꼼짝도 하지 않았다.

사치와의 이별을 인정하고 싶지 않은 마음, 마지막으로 여러 가지 감정들을 전하고 싶은 마음. 결국, 밤이 꼬박 새도록 그 두 마음은 갈등을 계속하고 있었다. 잠들지 못하는 밤 시간은 끔찍이 빠르게 흘러갔다. 정신을 차리고 보니 한밤중이었고, 이윽고 아침이었다. 시간이 흐를수록 나는 서서히 선택지를 잃어 갔다.

'이미 늦었는지도 몰라.'

그 생각이 학교로 향하지 않는 나를 적당히 정당화하고 있었다. 나는 알고 있었다, 선택지의 답이 어느 쪽인가를. 그런데도 나는 선택하지 못하고 있었다. 결국, 나는 사치와 헤어지기 싫은 마음으로 가득 차 있었던 거다.

자명종 시계가 메마른 소리를 내며 아침을 알렸다. 마치 선택 마감 시간을 알리는 듯했다. 나는 학교 갈 준비를 하고 계단을 내려갔다.

"안녕히 주무셨어요, 아버지, 어머니."

나는 되도록 평소와 다름없이 아침 인사를 했다. 아버지와 어머니는 식탁에서 아침을 먹으며 대답했다. 나는 짐을 소파에 놓고 내 자리에 가서 앉았다.

"어제는 꽤 늦게까지 안 자던데, 공부했니?"

어머니의 말에 나는 죄책감이 들어 애매하게 얼버무렸다.

"너무 무리하지 말라고 하고 싶다만, 무리한다 싶은 정도가 딱 좋은 거다."

평소 아침 식사 때 별로 말이 없는 아버지가 그렇게 한 마디 했다. 내가 잠자코 듣고 있자 아버지는 계속했다.

"후회할 일만은 하지 마라, 지금 네가 할 수 있는 최선을 다해 봐. 그럼, 잘될 거다."

"어머나, 점잔 빼시긴. 그냥 솔직하게 K대를 목표로 열심히 해라, 그렇게 말하면 좋잖아요."

어머니의 말에 아버지는 일부러 신문을 펼쳐 들고 못 들은 척했다. 나는 그런 둘을 보고 웃으며 빵을 먹었다. 여느 때보다 떠들썩한 아침이었다.

후회할 일만은 하지 마라……라고. 지금의 나에게는 마음을 콕 찌르는 한 마디였다.

정신을 차리고 보니 학교에 와 있었고, 정신을 차리고 보니 수업이 시작돼 있었다. 시간이 화살 같다는 말이 있는 것처럼, 마치 신이 나에게 생각할 시간을 주지 않겠다는 듯 시간이 쏜살같이 지나갔다. 나는 답이 나오지 않는 문제로 계속 갈등하고 있었다.

사치가 하필 왜 이때 떠나려고 하는지, 대충 짐작은 하고 있었다. 분명, 사치가 나와 편지 왕래를 시작한 목적은 내가 '진정한 나'를 알기를 바랐기 때문이다. 사치는 목적이 이루어졌다고 생각했을 것이다. 그래서 더는 자신이 내 옆에 있으면 방해가 된다고도 생각했을 것이다. 나에게 거치적거리는 존재가 되고 싶지 않았을 것이다. 어쩌면 사명을 다한 그 애는 이 세상에 있을 수 없는지도 모른다.

나는…… 그렇게까지 헌신적인 여자를 이대로 보낼 생각인가? 사귄 이후로 지금까지, 결국 그 애한테 아무것도 해 주지 못하는 건가?

시간은 오전 10시, 2교시가 거의 반쯤 지나고 있었다. 나는 여전히 마음을 정하지 못하고 있었다. 내가 늘 답장을 했던 방과 후면 우리의 편지 왕래는 완전히 끝나는 거다. 아니, 지금도 이미 늦었는지도 모른다. 마지막으로 사치에게 한 마디라도 할 수 있는 기회는 시시각각 줄어들고 있었다.

"잉?"

갑자기 휴지가 날아와 내 머리를 탁 때렸다. 나는 바닥에 떨어진 휴지를 주워 꼬깃꼬깃한 종이를 펼쳤다.

우등생, 아직도 고민하고 있나 본데? 너 요즘 감정의 기복이 너무 심한 것 같다. 얼마 전엔 씩씩해진 거 같더니, 오늘은 이런 상태? 우리를 얼마나 괴롭히려고?^^ 하지만 예전의 넌 너무 완벽했다고 해야 하나, 뭐 그래서 손 내밀기 어렵기도 했지만, 뭐랄까······ 난 지금의 너, 인간미가 있어서 좋아. 암튼, 너만 좋다면 우리는 언제든 상담에 응할게.
    ─시라이시

애기라, 네가 고민해도 답이 나오지 않는 건 우리도 답을 줄 수 없지만, 고민 따위 싹 잊을 정도로 신나게 함께 놀아 줄 수는 있지. 이럴 땐, 신나게 놀면서 고민 따위 팡팡 날려 버리잔 말이야. 그런 이유로, 시라이시를 꼬드겨서 노래방→불고기 모임! 어때? 그리고 거하게 한턱 쏘면 기분도 유쾌해지고 고민도 싹 날아가 버리지 않을까나? 기대하고 있겠다.
    ─야마네

내가 돌아보자 그 둘은 나를 향해 손가락으로 V를 그리고 있었다.

"거기 야마네! 너, 수업 시간에 무슨 장난이냐!"

"넷, 죄송합니다!"

V를 그리고 있었다는 이유로 교과서로 세게 얻어맞은 야마네. 그걸 보고 웃는 시라이시.

아…… 그래. 나는 이제 혼자가 아니야.

"후회할 일만은 하지 마라, 지금 네가 할 수 있는 최선을 다해 봐."

"암튼, 너만 좋다면 우리는 언제든 상담에 응할게."

"이럴 땐, 신 나게 놀면서 고민 따위 팡팡 날려 버리잔 말이야."

변한 거다, 내가…… 아니, 사치가 나를 변하게 해 준 거다. 이제 혼자가 아니다. 나를 응원해 주는 아버지와 어머니가 있고, 고민을 상담할 수 있는 친구가 있다. 괜찮을 거다, 틀림없이. 이제 나는 사치가 없어도 살아갈 수 있다. 그 애가 마음 편히 떠날 수 있도록, 이제 내가 무슨 일에도 끄떡없는 모습을 보여 주지 않으면…… 그래서…….

"이런 데서 우물쭈물하고 있을 때가 아니잖아, 아키라!"

나는 나에게 그렇게 소리쳤다. 정신을 차리고 보니, 어느새 자리에서 일어나 있었다.

"어?"

"응?"

'전해야 해, 이 마음을…… 기회는 한 번뿐이라고!'

나를 붙잡는 선생님의 목소리도, 어안이 벙벙해 입을 떡 벌리고 있는 우리 반 아이들도 전혀 신경 쓸 틈이 없었다. 오로지 도서실을 향해 있는 힘을 다해 뛸 뿐이었다.

"헉…… 헉."

옆구리가 아팠다. 제길…… 한동안 운동을 하지 않았더니 몸이 비명을 질러 대고 있는 것이다. 하필 이럴 때, 그간 편히 지낸 대가를 치르다니……. 어쩌면 이미 늦었는지도 모른다. 교실에서 도서실까지의 거리를 아무리 전력 질주해 봐야 단축할 수 있는 시간은 뻔하다. 이렇게 간단한 것을 진즉 선택하지 못한 것이 이제야 후회스러웠다. 그래도 나는 젖 먹던 힘을 다해 뛸 수밖에 없었다. 더는 돌이킬 수 없는 후회는 하고 싶지 않았다.

도서실 복도에 다다랐다. 나는 속도를 줄이지 않은 채 그대로 문을 열고 그 책장으로 돌진했다. 그 책장 앞에 한 소녀가 서 있었다. 지금은 수업 시간인데. 여학생치고는 큰 키에, 검고 긴 생머리를 한 소녀.

"역시, 네가……."

소녀는 내 눈을 마주 보았다. 그 표정은 들켜 버렸다는 듯이 돌처럼 굳어 있었다. 오른손에는 그 책을 펼쳐 들고, 왼손에는 돌고래 볼펜을 들고 있었다.

"죄, 죄송합니다! 지금까지…… 말하지 않아서……."

소녀는 나를 향해 깊숙이 고개를 숙였다. 그리고 울음 섞인 목소리로 사과했다.

도서실에서 늘 만나는, 그 도서 위원 후배였다.

"정말로 죄송합니다!"

그 애는 한 번 더 깊숙이 고개를 숙였다. 나는 그 애의 어깨에 손을 얹었다.

"아냐, 네가 사과할 거 없어. 난 오히려 감사하고 싶은데. 가짜긴 했지만 네 덕분에 다시 사치를 만날 수 있었으니까. 정말 고맙다……."

나는 그 애의 왼손을 잡고 그 손에 내 이마를 갖다 댔다. 그리고 한 번 더 그 애에게 고맙다고 말했다. 그 마음이 사치에게까지 전해지기를 바라며.

"선배님!"

바로 코앞에 있던 그 애가 갑자기 큰 소리로 나를 불렀다.

무슨 중요한 말을 하려는 것 같았다.

"선배님…… 사치 언니한테 마지막으로 얘기하고 싶어서 여기에 온 거죠?"

"응, 근데 이미 너를 봐 버려서……, 한발 늦은 것 같은데."

"아직 늦지 않았을지도 몰라요! 사치 언니는, 방금 여기서 나갔어요!"

그 말을 듣고, 나는 눈앞에 있는 소녀의 어깨를 꽉 잡았다.

"그 말을, 왜 이제야 해!"

"죄송해요."

그 애의 말이 끝나기도 전에 나는 도서실을 뛰어나갔다.

나는 다시 젖 먹던 힘을 다해 뛰었다. 4층 계단부터 한 번에 두세 단씩 뛰어 내려갔다. 이미 전력 질주로 녹초가 된 몸을 다시 움직이는 것은 죽을 만큼 힘든 일이었다. 하지만 죽어도 지체할 수 없었다. 나는 아무튼 달렸다.

어디로 가야 하는지도 모르고 있었다. 하지만 사치라면…… 사치라면 틀림없이 어떤 상황에서든 반듯하게 교문을 통해 학교를 나갈 것 같았다. 그런 사람이다. 아오바 사치라는 애는.

현관에 다다랐지만 신발장을 지나쳐 실내화 차림 그대로

밖으로 나왔다. 이제 곧 교문이었다. 나는 사방을 둘러보며 사치를 찾았다. 아니, 그럴 필요도 없었다.

있었다.

사치가 있었다.

불편한 왼쪽 다리를 절룩거리며 천천히 교문을 향해 걷고 있었다.

"사치!"

숨이 턱까지 차올랐지만 억지로 목소리를 쥐어짜서 사치를 불렀다. 그러자 왼쪽 다리에 장애를 입은, 이마에 독특한 무늬가 있는, 목에 빨간 방울을 단 '고양이', 그날 내가 집에 데려가지 못한, 길에 버려졌던 그 고양이가 돌아봤다.

나는 호흡을 가다듬고, 하지만 여전히 가쁜 숨을 몰아쉬며 말을 건넸다.

"드디어 만났네…… 사치."

고양이를 상대로 이런 표현을 하는 것이 이상할지 모르지만, 사치는 눈을 동그랗게 뜨고 나를 쳐다보았다. 나도 고양이가 대화를 할 수 없다는 것쯤은 알고 있었다.

"내가, 여기에 온 건 말이야…… 너한테 고맙다고 말하려고. 그리고 이제 나 혼자서도 잘 살 수 있다고 말하려고……

아, 더 중요한 얘기를 못했다."

사치를 만난 이후로 한 번도 하지 못했던 말. 아니, 지금까지 할 수 없었던 말.

"사치……, 널 좋아해!"

나는 얼굴이 새빨개진 채 그렇게 소리쳤다. 말을 해 버리고는 멋쩍음을 감추기 위해 주먹을 불끈 쥐어 보이며 웃었다. 그리고 우리 둘은 누가 먼저랄 것도 없이 서로를 향해 뛰었다. 그렇게 우리 둘 사이에 난 마음의 거리를 좁혀 가는 것 같았다. 8개월이란 시간을 들이고도 다가갈 수 없었던 한 걸음이 놀라울 정도로 쉽게 내딛어졌다. 사치와 사귀는 동안 함께 걸었던 수천, 수만 걸음보다 훨씬 가치 있는 한 걸음을 나는 힘껏 내딛었다. 방울 소리가, 나에게 가장 소중한 그 소리가 서서히 다가왔다.

"사치!"

나는 사치를 끌어안았다. 눈을 감자 온기가 느껴졌다. 틀림없는 사치였다.

사치…… 내가 웃을 수 있을까. 사치가 그날 이후 줄곧 찾았던 그런 모습으로.

우리는 아무 말 없이, 둘이 함께 있는 이 소중한 시간을 오로지 서로의 존재를 느끼며 보냈다.

눈을 뜨자 이미 사치의 모습은 사라지고 없었고, 내 가슴 팍에는 사치의 온기만이 남아 있었다. 그리고 길 한복판에 빨간색 방울이 반듯하게 다소곳이 놓여 있었다.

"어떤 책을 찾으세요?"

"어?"

그 말에 놀란 내가 책을 꽂지도 못한 채 돌아보자 소녀가 장난스럽게 웃고 있었다. 도서 위원 후배였다.

"이야, 오랜만이다."

"예에, 오랜만이에요. 하지만 아직 한 달도 안 지난걸요."

"하긴…… 뭐 그땐 거의 매일 만났잖아."

내가 그렇게 말하고 웃자 그 애도 미소 지었다.

"무슨 책 읽으세요?"

나는 맞장구를 치면서 왼손에 들고 있던 책 표지를 그 애에게 보여 주었다. 《가와바타케 사토시의 가와바타케론》이었다.

"문자 주고받을 때도, 마지막 문자는 늘 사치가 했어. 사치가, 잘 자, 라고 보내서 내가 답장을 하면, 그 애가 다시 잘

자, 라고…… 웃기지? 그래서 약이 올라서 이번엔 꼭 내가 마지막을 장식하려고."

"우아, 뭐라고 썼어요?"

그 애는 흥미로운 듯이 책을 들여다봤다. 나는 적당히 팔락팔락 책장을 넘기고는 책을 덮었다.

"딱 한 마디, 고마워, 라고. 마지막에, 결국 말하지 못했거든. 얼굴 맞대고 말하는 게 멋쩍기도 했고."

"어머, 고백도 했는데, 말이에요?"

"야, 너 정말 본 거야?"

내가 얼굴을 붉히며 퉁명스럽게 말하자, 그 애는 손으로 입을 막고 쿡쿡 웃었다. 그런 그 애를 보고 나도 웃었다. 잠시 뒤, 나는 숨을 한 번 내쉬고 먼저 말을 꺼냈다.

"아 참, 뭐 하나 물어봐도 될까?"

"네, 뭔데요?"

"나랑 학교에 들키지 않도록 네가 사치를 숨겨 줬다는 건 알겠는데…… 맨 처음에, 그 고양이가 사치란 걸 어떻게 알았지?"

"아, 그거요, 간단해요."

그렇게 말하고 그 애는 내게서 책을 낚아채 대충 어느 한 페이지를 펼치고는 바닥에 앉았다.

"4월 20일, 그러니까 선배님이랑 사치 언니가 편지 왕래를 시작한 그날, 저는 선배님보다 늦게 도서실에 도착했어요. 그때 전 깜짝 놀랐어요. 고양이가 재주도 좋게 볼펜을 물고 책에 낙서를 하고 있는 거예요. 더구나 제가 더 놀란 건, 그 고양이가 일본어를 쓰고 있었고, 어찌 된 일인지 제가 알고 있는 아키라 선배님한테 쓰고 있었기 때문이에요. 사치 선배님 이름으로요. 하지만 그때 저는 아키라 선배님하고 사치 선배님 관계도 몰랐고, 또 이 고양이가 사치 언니라는 것도 까맣게 몰랐거든요."

"그런데, 어떻게?"

내가 되묻자 그 애는 그 돌고래 볼펜을 나에게 보여 줬다.

"선배님이 편지를 주고받으면서 사치 언니를 믿었듯이, 저는 필담을 하면서 사치 언니란 걸 믿게 됐어요."

나는 그 애가 이야기해 준 상황을 상상해 보고는 머리를 긁적이며 어처구니가 없어서 웃고 말았다.

"필담이라니…… 참 한가로운 이야기네. 긴장감이라곤 눈곱만치도 없잖아."

"아니에요, 그게 아니라고요! 그렇지 않아요. 힘들었다고요, 저도. 갈 데가 없다는 사치 언니를 도서실에 숨겨 주기 위해 경비 아저씨가 퇴근할 때까지 기다리기도 하고, 다음 날 아침 일찍 와서 아무한테도 들키지 않도록 사치 언니를 밖으로 도망치게 하기도 했어요. 그뿐인 줄 아세요? 사치 언니가 밤에는 사람이 별로 없다면서 온 학교를 돌아다니는 바람에 유령 소동이 일어나기도 했잖아요. 진짜 하루하루, 얼마나 조마조마했는지 모른다고요."

그 이야기를 듣고 나는 반쯤 웃는 얼굴로 사과했다. 미안한 기색도 없이 천연덕스럽게 그런 행동을 할 수 있는 게 역시 사치다웠다.

"앗, 생각해 보니까 언젠가 한번, 밤에 학생들이 학교에 몰려온 적이 있었어요!"

나는 순간 생각을 멈췄다. ……짐작 가는 일이 무척 많았다.

"아무튼 저는 불을 끄고 카운터 밑에 숨어 있었는데, 도서실 문이 열리자마자 난데없이 비명이 들리는 거예요. 그때 놀라는 바람에 머리를 부딪치고 말았지 뭐예요."

그렇구나. 담력 시험 때 들렸던 또 하나의 비명은 이 애가 지른 것이었구나. 그럼, 그때 보였던 빛은 비상등에 반사된 고양이 눈……이었고. 궁금했던 수수께끼가 풀렸다.

"많이 놀랐겠다. 미안. 정말, 너를 너무 귀찮게 했구나."

"아니에요, 신경 쓰지 마세요. 제가 좋아서 한 일인데요 뭐. 실제로 일어난 일이 소설보다 더 재미있다는 말도 있잖아요, 제가 읽은 어떤 책보다 재미있었어요. 그리고 저도 선배님이랑 사치 언니가 편지 주고받는 걸 몰래 지켜봤으니까 쌤쌤이잖아요. 정말 즐거웠어요."

그 애는 또 뭔가 생각났는지, 눈을 위로 치켜뜨고 키득키득 웃었다.

"아, 근데 선배님은 어떻게 그 고양이가 사치 언니란 걸 알았어요?"

"으응…… 그냥 느낌으로. 방울 소리도 그렇고, 흠집 난 네 볼펜도 그렇고, 또 사치의 메시지 때문이었나? 사치가, 그 고양이가 되고 싶다고 했잖아? 그 간절한 바람이 이루어진 게 분명하다고 생각했지. 처음부터 평범한 상황도 아니었고, 또 유령보다는 낫잖아."

"과연, 참 뛰어난 추리네요."

그 애는 바닥에 내려놓았던 책을 다시 집어 들고 일어섰다.

"그리고 이거, 선배님께 드릴게요. 사치 언니와의 추억이 담긴 거잖아요. 둘이서 편지 주고받는 거, 몰래 훔쳐본 사과의 의미로."

그 애가 내민 것은 고양이 이빨 자국이 난 돌고래 볼펜이었다. 나는 고맙다고 말하고, 그 애한테서 볼펜을 받아 주머니에 넣었다.

"야 아키라! 너 또 여기 있냐, 동아리에 늦는다고!"

"야마네…… 도서실에서는 좀 조용히 해라."

나를 발견한 야마네가 입구에서 떠들어 댔다. 아무튼, 타이밍을 못 맞추는 건 천재적이다. 나는 그 애에게 가볍게 인사하고 나를 기다리는 성가신 녀석에게로 갔다.

"저, 선배님."

몇 발짝 갔을 때, 그 애가 나를 불러 세웠다.

"이 책, 가져가는 게 어때요? 선배님이랑 사치 언니 이름도 쓰여 있고 하니까."

"아, 그거……."

나는 잠깐 생각하고 대답했다.

"그냥 둬도 돼, 어차피 아무도 찾지 않을 테니까. 그 책 '비인기 대상'이거든."

내가 그렇게 말하고 웃자, 그 애는 어리둥절한 표정이었
다.

"그 책하고……."

나는 방금 받은 펜을 주머니에서 꺼내 그 애를 향해 던졌
다. 그 애는 놀라면서도 그것을 두 손으로 받았다.

"이건 아무래도 네가 갖고 있는 게 좋겠다. 나는 생각에 빠
져 있다가 툭하면 뭘 잃어버리거든. 중요한 걸 많이 갖고 있
다 보면 잃어버릴 수도 있잖아."

"야, 아키라."

"그래그래, 지금 간다니까."

그리고 나와 야마네는 오늘도 평소처럼 동아리 활동을 하
러 갔다. 오늘도 나에게 특별한 일상이 시작돼서 끝나 가고
있다. 장마철인데도 도쿄의 하늘은 두 주 연속 맑음. 유례없
이 쾌청한 날씨다. 파란 하늘에 하얀 구름이 두둥실 떠 있는
이 아름다운 하늘을, 사치도 어디선가 보고 있을까. 그런 생
각을 하면서 나는 오늘도 방울 소리를 울리며 걸었다.

Over The Bridge
Over The Bridge

Over The Bridge

Over The Bridge

제 1 화

나는 전철역으로 가고 있었다. 학교에 가기 위해, 트롬본을 메고.

육교에 올라가서 주머니를 뒤졌다. 그리고 손수건을 꺼냈다. 립크림이 떨어졌다. 굴러가는 립크림을 쫓아가 주우려고 웅크리고 앉았다.

내가, 언젠가 여기서, 지금과 같은 모습으로 앉아 있지 않았던가…….

그렇다, 여기에 '말'이 있을 것이다. 그때, 나의 전부였던…….

그날 이후로 이제 곧 5년이 된다. 웅크린 채, 빛바랜 난간 아랫부분을 손가락으로 만지자 가둬 뒀던 '나'의 기억 속에서 또렷이 되살아난 것이 있었다.

4년 전, 나는 지금과 같은 눈높이로 생각하고, 느꼈다. 그렇다면 무엇을 위해 그토록 이를 악물고 살았던가…….

그때 내 마음은 감기에 걸려 있었다. 오랫동안, 지독한 감기를 앓고 있었다.

악마 같은 '그놈'은 어머니에게 옮아가고, 아버지에게도 옮아가고, 유치원생이었던 여동생에게까지 옮아가 내 주위를 깡그리 집어삼켰다.

무겁게 내려앉은 기나긴 시간 동안, 우리는 기력을 잃은 채 불쾌한 열만 내뿜고 있었다. 마치 세탁기에 탈수되듯 깜깜하고 더러운 물속에서 몹시도 무겁고 깜깜한 시간이 빙글빙글 돌아가며 흘러가는 것 같아서 죽을 만큼 끔찍했다.

내 마음은 종잇장이었다.

집게손가락에 침을 발라 구멍을 뚫고 빙글빙글 돌리자 구멍이 순식간에 커진다.

손바닥까지 들어간 뒤에야 종이가 젖어 있다는 것을 알아차린다. 강한 감촉이 느껴진다. 구멍 속으로 주먹 쥔 손이 삼켜지고 팔까지 삼켜지자, 어쩐 일인지 나는 안간힘을 쓰며 어깨가 빠질 정도로 있는 힘껏 팔을 오른쪽으로 돌린다.

이내 목까지, 그리고 허리까지 천천히 구멍 속으로 빨려 들어간다. 종이가 젖은 탓에 양쪽 팔에 실리는 무게는 골판지 더미를 쌓아 올려놓은 것만큼이나 무겁다.

나는 울고불고하며 쉴 새 없이 팔을 오른쪽으로 돌린다.

땀이 비 오듯 쏟아지고…….

꺼림칙한 꿈…….

나를 마음대로 가지고 놀았던 그 꿈.

나는 내 마음의 구멍 속에 갇힌 채 사정없이 몸부림치며 뒹굴었다…….

도망칠 수도, 있었을지 몰라. 가까스로 그렇게 생각할 수 있었다. 이제야 나 자신과 마주 볼 수 있는 내가 되기 시작한 것이다. 그런데도 모든 것을 정리할 수 있을 것 같지는 않았다.

'나'는 언제나 조롱당하는 '너'를 곁에서 지그시 지켜보기만 했다. 항상, 언제나…….

괴롭지는 않았다. 단지 그런 나 자신을 보는 것이 끔찍이 싫었을 뿐이다.

니는 오랫동안 병을 잃아 왔다. 그로 인해 가끔은 내가 내뱉는 말소리도 듣지 못했다. 하지만 그건 눈곱만큼도 고통스럽지 않았다. 이따금 불편했을 뿐이다. 그래도 나는 내 자신이 좋았다.

내가 다녔던 초등학교는 내가 원해서 들어간 학교였다. 그 학교를 처음 봤을 때, 가족 모두가 마냥 기뻐서 웃었고, 유치원 취학 반이었던 나는 학교에 들어갈 날만 손꼽아 기다리며 들떠 있었다.

언제나 두 손으로 내 볼을 어루만져 주시고, 나에게 늘 다정히 대해 주시던 교감 선생님. 입학 면접을 마치고 교감 선생님이 "몸이 아픈 건 결점이 아니라 개성이에요."라고 말해 준 날, 외식하러 간 식당에서 아버지와 어머니는 눈물을 흘렸다. 시험을 며칠 앞두고 우리 가족은 "무슨 일이 있어도 꼭, 그 학교에 들어가자." 하고 다짐했다. 그때 아직 어렸던 나는 굳게 믿고 있었다. '1학년이 되면, 틀림없이 즐겁고 멋진 일만 있을 거야.'라고. 그래서 열심히 노력했다.

1학년.

꿈이 이루어져 입학시험에는 합격을 했다.

입학은 했지만 나는 1년 내내 거의 병원에서 보냈기 때문에, 내 기억은 대부분 병원 침대에서 보낸 생활이었다. 하지만 어쩌다 학교에 가는 날이면, 담임선생님은 내가 하는 것마다 칭찬을 아끼지 않았다. 노력에 대한 칭찬을 받는 것이 얼마나 기쁘던지 나는 날마다 그림일기를 썼다.

2학년.

2학년 담임선생님은 "넌, 하느님께 중요한 역할을 받은 아이란다."라고 말하며 나를 자주 안아 주었다. 그때 나는, 사람은 누구나 하느님에게 알맞은 역할을 받는다는 걸 알게 되었다. 그리고 그때 처음으로, 노력하고 도전해서 얻은 결과는 나를 배신하지 않는다는 것을 알았다. 이때부터는 일기장에 그림을 그리지 않는 대신 어려운 한자를 즐겨 썼다.

3학년.

3학년이 된 뒤로, 나는 무엇에든 지는 법이 없었다. 알고 싶은 것은 원 없이 알아 갔다. 수학이 미치도록 재미있었고, 수학 실력이 뛰어났다. 그러자 수학과 주임인 담임선생님은 나의 도전에 아낌없이 응원을 보내 주었다. 나는 선생님을 놀래는 것이 재미있어서 오로지 탐구하고 생각하며 시간을 보냈다. 그 결과, 전교생이 모이는 조례 시간에 자주 상을 받았다. 몸 상태가 좋지 않아서 학교에 가지 못하는 날도 많았고, 학교에 가더라도 조퇴하고 병원에 가는 날도 많았지만 학교생활이 얼마나 즐겁던지. 그때는 약한 몸으로도 하루하루를 충실하게 보냈기 때문에 일기를 쓰는 것도 신이 났다. 더구나 책 읽는 것도 즐거웠다.

'하느님은 진짜 있어.'

그렇게 생각했다.

그리고 운명이 바뀌었다…….

4학년.

4학년이 시작된 4월(일본은 4월에 새 학년이 시작된다-옮긴이), 나의 행복은 갑자기 사라졌다.

'나'는 일기 쓰기를 그만뒀다.

그날 일은 그 자리에서, 단 1초라도 빨리 잊고 싶었다.

하는 일마다 꼬였다.

스스로 노력한 결과에 괴로워할 수 있다는 것을 '나'는 가까스로 깨닫게 됐다.

뚜렷한 원인은 없었던 것, 같다. 단지, 여러 가지 원인이 겹쳐서 삼켜졌을 것이다. 딱히 내가 아니어도 됐던 거다.

실제로 첫 희생자는 내가 아니었다. 첫 피해자가 전학을 가 버리자 표적이 나에게로 옮겨졌을 뿐일 것이다. 나는 그렇게 생각한다.

어릴 때부터 집 이불 속과 병원 침대에서 성장해 온 거나 다름없는 나는 놀이터에서 모래성을 만들 듯이 종이접기를 했고, '모두'가 뛰어다니는 만큼 책을 읽었다. 덕분에 나는 그때 이미 '어른'을 머리 아프게 할 만큼 어려운 한자를 알고 있었고, 내가 종이접기로 만드는 것마다 '어른'을 놀라게 했다. 그렇다. 그때는, 어른은 완전했다.

내가 좋아서 시작한 검정 시험. 자격증을 따서 학교에 가져가자 선생님은 화들짝 놀라며 칭찬해 주었고, 더 나아가 아침 예배가 끝난 뒤 전교생 앞에서 나의 도전을 칭찬해 주었다.

나는 그렇게 눈에 띄는 '모난 돌'에 지나지 않았다. 순수하게 나를 칭찬해 주는 '친구'는 점점 줄었고, 대신 악의를 드러내는 친구가 늘어 갔다.

왜?

쉬는 시간에 '친구'들이 밖에 나가 축구를 할 때도, 종이접기를 하는 나에게 꽂히는, 전에는 없었던 거무칙칙한 감정.

왜?

결국 그것은 무서운 속도로 증식해서 퍼져 나갔다.

학교에 가는 발걸음은 갈수록 무거워졌다. 나는 유치원에 다니는 여동생과 어머니와 함께 전철을 타고 학교에 다녔다. 초등학교 부속 유치원의 등원 시간은 아마도 학교와 한 시간 정도 차이가 났을 것이다. '나'는 전철 안에서 걸핏하면 울었다. 교문에서도 울었다. 집에서도 늘 울었기 때문에 어머니의 걱정은 떠날 날이 없었을 것이다. 하루에 세 시간 정도는 울며 지냈던 것 같다.

깡마르고, 표정이 없어진 아들 때문에 어머니는 불안과 걱정에 싸여 있었다. 잠도 못 이룬 채 고민하고 걱정하던 어머니는 마침내 과로로 쓰러져 병원으로 실려 갔다. 그리고 그대로 입원했다.

나는 더러운 인간이다.

"난 이제 틀렸어! 왜 나를 살려 낸 거야! 다시는 살려 내지 마. 나를 왜 아프지 않게 낳아 주지 않았냐고!"

어머니에게 내뱉어 버린 말.

나도 그런 내 자신이 끔찍이 싫었다. 내가 퍼석퍼석 메말라 가는 것 같았다. 무섭지는 않은데 없어져 버리고 싶었고, 어디론가 사라져 버리고 싶었다.

약한 내가 나쁜 거다, 차라리 내가 없어지면…….

사람은 약하다. 나약해지면 앞을 볼 수 없게 된다. 머릿속은 짜증으로 가득 차 있었고, 온통 불길하고 나쁜 생각뿐이었다. 시간은 잔인하게 길었고, 한심할 정도로 많은 '당했다'는 말로 가득 찼다.

그때의 나는 망가져 있었다.

슬펐다.

"그딴 일로 우리 아들이 망가지게 놔둘 것 같아?"

어머니는 입버릇처럼 그렇게 말하곤 했다.

집 안은 나 하나 때문에 쥐 죽은 듯이 조용했다. 모두 나를 기다리고 있었던 것이다. 그런데 '나'는 '될 대로 되라지!'라고 생각하고 있었다.

어느 날, 아버지는 몹시 속상했던지 이렇게 말했다.

"사람은 이를 악물고 살면, 그만큼 강한 사람이 될 수 있단다. 진짜 힘은, 기쁠 때는 나오지 않아, 즐거울 때도 나오지 않고. 오히려 분하고, 화가 날 때 나오지. 시간이 얼마가 걸려도 좋아, 너는 앞으로 나아갈 수 있어. 지금까지 이제 틀렸다고 포기하고 싶은 때가 수도 없이 많았지? 하지만 그때마다 잘 헤쳐 왔잖아."

아버지가 그렇게 타일러도 나는 눈물만 펑펑 쏟을 뿐이었다. 무엇을 할 수 있었을까.

아버지가 나를 그렇게 격려해 준 바로 그날 밤, 어머니가 입원했다. 어머니는 늘 씩씩하고 밝았다. 언제나 웃음을 잃지 않았다. 이를 악물고 꾹꾹 눌러 참으면서도 아무렇지도 않은 얼굴을 하고 견뎌 온 것이다.

내 탓이라고 생각했다. 나는 너무 쉽게 사라져 버리고 싶다고 생각한 것 때문에 화가 나서 미칠 것 같았다.

어머니는 병원 침대에서 처음으로 눈물을 보였다.

"미안하구나. 엄만, 좀 더 버틸 수 있을 줄 알았어."

"엄마, 미안해. 미안해."

나는 엄마를 붙잡고 엉엉 소리 내어 울었다.

나는 오로지 내 생각뿐이었다.

'내가 주눅 들고 슬퍼할 때도, 상대는 나한테 한 짓을 잊은 채 웃고 있었어. 지금도 아무 거리낌 없이 하루하루를 보내고 있어……. 즐거운 시간을 보내기도 하고. 그 자식을 용서할 수 없어.'

'머리가 또 빠졌어. 대머리, 중대가리, 죽어 버려, 또 그런 소리를 들었어. 나는 어떻게 하면 사라질 수 있을까?'

내 머릿속에는 온통 그런 생각뿐이었다. 그 자식이 보내는 쥐뿔같은 에너지가 커져서 '나'를 점점 궁지에 몰아넣었다.

늘 곁에 있어 주던 어머니가 없는 밤, 나는 "왜 살려 냈어!"라고 말한 걸 몸부림치며 후회했다. 그리고 어머니가 나를 꼭 안고 해 준 말이 또렷이 떠올랐다.

"이건 농담으로 하는 말이 아니란다. 내가 정말로 좋아서, 너를 만나고 싶어서, 무척이나 만나고 싶어서 너를 낳은 거야. 네가 살려 달라고 하지 않아도, 엄만 누구한테 부탁해서라도 백 번이고 천 번이고 널 살려 낼 거야. 남들이 어떻게 생각하든 상관없어. 넌 나한테는 보물이니까. 넌 지금까지 이보다 더 견디기 힘든 일도 이 작은 몸으로 아주 잘 이겨 왔잖아. 남들보다 곱절이나 열심히 살아왔잖아. 이제 틀렸다고? 절대 그렇지 않단다."

어린 여동생은 어머니가 병원에 입원하자 며칠 밤을 울었다. 잠들 때까지 "엄마 어디 갔어?"하고 어머니를 찾으며 울음을 그치지 않았다.

아버지는 웃는 얼굴로 집안일을 척척 해냈다. 3인분의 식사 준비 외에도 유치원생인 동생과 나의 도시락을 싸 주었다. 게다가 아버지는 나에게 학교에 가란 말은 한 번도 하지 않았다. 내가 스스로 '좋아. 갈 거야.'라고 마음먹을 때까지 늘 기다려 주었다. 머릿속으로는 뻔히 알고 있었다.

'결석하면 안 돼. 아빠도 직장에 가야 하니까 꾸물거리고 응석 부리면 안 돼.'

하지만 아무래도 어깨에 잔뜩 힘이 들어가서 미칠 것 같았다. 응석부리면 안 된다는 말을 몇 번이나 했는데. 수도 없이 나 자신에게 들려주었는데.

학교에 도착하면 언제나 수업 중이었다. 교실 앞에 서면 문이 얼음장처럼 차디차고 무겁게 느껴졌다.

겨우 문을 열면, 모두 일제히 나를 쳐다봤다. 그 눈들이 모두 초점 없는 마네킹의 눈 같아서, 나는 항상 거기서 도망치고 싶었다. 화장실로 도망치고 싶었다.

여름방학이 되면 학교에 가지 않아도 된다.

앞으로 며칠 뒤면 여름방학, 앞으로 며칠 뒤면…….

나에게 여름방학은 아무런 의미도 없었다.

딱히 무슨 일이 있는 것도 아니었다.

단지 40일 동안 안전이 확보된다는 것뿐.

내 마음속은 텅 비었다.

제 2 화

여름방학 내내, 나는 뭔가에 홀린 듯 기를 쓰고 열심히 공부했다.

"가을에는, 아무도 맞설 수 없는 사람이 돼 주겠어."

나는 죽기 살기로 공부에 매달렸다. 다른 아이들보다 머리가 한두 개 더 많을 정도로 뛰어난 사람이 돼서, 감히 나에게 다가올 수 없게 해 주겠다고 결심했다. 나에게 공부는 도피처일 뿐이었다. 날씨에 대해 조사한 자유 연구는 500페이지 가까이 이어지고 있었다.

손목에는 뼈가 튀어나온 것처럼 보이는 크고 작은 종기가 두 개 생겼다. 이 종기 때문에 손이 저릴 때가 많았다.

나는 '평화'롭고 '안전'한 여름방학 내내 "제길!"을 입에 달고서 공부했다. 내 마음속은 텅 비어 있었다.

자유 따위, 어디에도, 없었다. 단지, 뭔가 하지 않으면 이상해질 것 같았다. 공부 이외에 딱히 잘하는 것이 없었으니까.

여름방학은 순식간에 지나가 버렸다.

가을이 되자, 지병인 발작이 계속되는 통에 결석하는 날이 많아졌다. 학교에 간다 해도 견학할 수밖에 없는 운동회 연습이 기다리고 있을 뿐이었다. 모두가 체육 수업만으로 학교생활을 보내고 있을 때, 나는 집에서 쉬면서 남모르게 공부했다.

하지만 아무리 발버둥 쳐 봐야, 몸이 좋아져 학교에 가면 '누구도 맞설 수 없는 사람'이어야 할 나는 여전히 '죽어! 더러운 인간!'인 채였다.

그래도 학교에는 꼭 가야 한다는 생각 때문에 힘들어도 괴로움을 꾹 참고 학교에 다녔다. 그래 봐야 상황은 점점 나빠질 뿐이었지만.

하루 쉬고 학교에 간 어느 날, 언젠가 상 받은 나를 칭찬해 줬던 '친구'가 나를 노려보는 무리 속에 있었다.

지각한 어느 날, 언젠가 함께 종이접기하며 놀았던 '친구'

가 나를 에워싼 무리 속에 있었다.

내 '친구'는 순식간에 줄어들었고.

그 애의 '패거리'는 순식간에 늘어 갔고.

그들에게 죄의식이란 게 있었을까.

'친구'라고 생각했던 그들이 손바닥을 뒤집었을 때의 두려움…….

그래도 '어른'과 약속했기 때문에 '나'는 그 애에게 '그것'을 당할 때마다 한심하게 '어른'에게 '그것'을 보고했다.

'선생님은, 나를, 꼭, 도와줄 거야.'

언제부턴가 '나'는 '어른'을 완전한 존재라고 생각하지 않게 되었다. 그것은 아마도, 이 무렵부터였을 것이다.

아팠다.

몸이 아프고 무거워서 토할 것 같았다.

밥을 먹고 곧바로 달렸을 때처럼 명치 주위가 아팠다. 입 안이 늘 시큼했다. 눈과 눈 사이가 고통스러울 정도로 아팠다. 눈앞의 것들이 나에게 바짝바짝 다가오는 것 같았다. 정말로, 진심으로, 그런 나 자신으로부터 도망치고 싶었다.

어머니의 얼굴을 똑바로 볼 수가 없었다.

나에게 아무것도 묻지 않는 아버지의 배려가, 걱정해 주는 그 마음이 슬펐다…….

비참한 나 자신을, 이 세상에서 지워 버리고 싶었다.

1학기를 마치고 성적표가 나오는 가을방학(일본은 원래 3학기제이나 2학기제를 채택한 일부 학교에 일주일 정도의 가을방학이 있다-옮긴이)을 보냈다. 그리고 2학기가 시작된 지 얼마 지나지 않아 마침내 나는 정말로 학교에 갈 수 없게 되었다.

나에게는 심리 상담사가 따라붙었다.

그런데도 상황은 변할 조짐조차 보이지 않았고, 상담사는 나에게만 조언을 했다. 그런 상황이 견딜 수 없을 정도로 싫었다. 그 어떤 조언을 해 줘도 짜증이 났다. 마치 "넌 협력하지 못하는 애야."라는 말로 들려서 사정없이 거칠게 날뛰고 싶었다. 만일 그렇게 했다면, 나는 그렇게까지는 되지 않았을지도…….

학교에 가고 싶어도 갈 수 없는 나날은 고통스럽고 초조했다.

현실적으로는 이미 불가능했지만…… 학교에 가서 '친구'와 놀고 싶었다. '친구'는 아무 일도 없었던 것마냥 학교에 다니고 있었다.

나는 여전히 '친구'를 믿었다. 아니, 믿고 싶었다.

솔직히 말하면 이미 알고 있기 때문에 나 혼자서 매달렸다고 하는 게 정확할 것이다.

나에게 심리 상담사가 붙었다고 해서 학교로 무사히 돌아갈 수 있을 리 없었다. 나는 학교 안에서 나 자신을 죽이고, 죽은 듯이 지냈다. 그런데도 그 애들이 살아 있는 나에게 끊임없이 던지는 말.

"제발 죽어 줄래!"

학교에 '가지 않았던' 나는 '친구'가 학교에 가 있는 시간을, 역시 몹시 힘겹게 보냈다. 그런데도 세월이 빨리 지나갔다. 시간이, 다가왔다…….

학교에 있는 동안에는 그토록 길게 느껴졌던 시간. 녀석들에게나 나에게나 똑같이 평등하게 주어졌을 시간은, 속도를 올리고 내 활기를 꺾어 놓기 위해 덤벼들었다.

그런 날이 계속되었다. 매일매일, 궁지에 몰렸다. 하루하루가, 나를 쫓아왔다.

추운 날이었다.

어머니가 무심한 듯 데려간 곳. 평일의, 낮 도서관.

동생은 카펫이 깔려 있는 어린이 코너로 뛰어갔다. 그리고 좋아하는 그림책 몇 권을 안고 가더니 분홍색 카펫 위에 멋대로 그림책을 늘어놓았다.

나는 쭈뼛쭈뼛 남의 눈을 의식하면서 여느 때처럼 맨 끝자리 구석 의자에 멍하니 앉아 있었다.

어머니는 이쪽을 보고 다정하게 웃으며 책을 골랐다.

하지만.

책장을 마주하고 선 어머니는 울 것 같은 얼굴로, 진지하게 열심히 책을 고르고 있었다.

그리고 한참 뒤에, 어머니는 다시 웃는 얼굴을 하고 여느 때처럼 열 권도 넘는 책을 골라 가방 두 개에 나눠 넣어서 돌아왔다.

그 책들을 언제 읽었는지, 그것은 기억나지 않는다.

돌이켜 보면, 빌려 온 책들은 늘 바뀌어 가며 2층으로 올라가는 계단에 놓여 있었다. 밑에서 두 번째 단에, 개구리 모양의 북엔드에 나란히 꽂혀.

유일하게 '세상과 소통하는 방법'이었던 의미 없는 외출은 몇 번이고, 며칠이고 계속되었다.

도서관에서 책을 읽던 동생은 이따금 까르르까르르 웃었다. 그 옆에 꼭 붙어 있던 사서는 동생의 투정을 다 받아 주면서 책을 읽어 주었고, 또 새로운 책을 골라 주며 동생의 머리를 쓰다듬어 주었다.

'언젠가는, 뭔가 묻지 않을까?'

나는 불안했지만, 결국 낯선 사람이 나에게 '뭔가'를 물어오는 일은 없었다.

어느새 얼굴을 아는 사이가 된 할아버지. 내 얼굴을 보자마자 부드러운 표정으로 두세 번 천천히 고개를 끄덕여 주었다. 하지만 고개를 끄덕여 인사만 건네는 정도였지 나에게 아무것도 묻지는 않았다. 결국, 그 할아버지와 이야기를 나눈 적은 한 번도 없었다.

평일, 낮. 학교에 가지 않는 나를 비난하는 사람은, 그곳에는 없었다.

칸막이 구실을 해 주는 서가 덕분에 나는 가까스로 사람들과 거리를 둘 수 있었다. 그럼에도 확실하게 세상과 이어져 있는 곳. 시간은, 세계는 천천히 부드럽게 흘러갔다.

내가 세상과 확실하게 이어져 있을 수 있었던 곳.

그때 어머니는 무슨 생각을 했을까.

쓸데없는, 하지만 의미 있었을 수도 있는 도서관 외출.

도서관에서 '고통스럽지 않을 만큼'의 미묘하고 절묘한 시간을 보내고, 어머니와 동생은 들고 갈 수 있는 만큼 책을 빌렸다. 그렇게 빌린 스무 권이 넘는 책을 가지고 집에 갔다. 집으로 옮겨 온 책은 다 읽기도 전에 다시 반납하고 다시 다른 책을 골랐다.

동생은 좋아하는 책은 사서에게 몇 번이고 부탁해서 다시 빌려 읽었고, 통째로 외워 버린 책의 내용을 눈을 동그랗게 뜨고 조용히 나에게 들려주곤 했다.

"소마리코 씨…… 소마리코 씨……."

도서관 외출은 계속 이어졌고, 나는 언제부턴가 우리 집 계단 개구리 북엔드에 꽂혀 있는, 어머니가 고른 책을 손에 들고 있었다.

링컨 이야기 그림책. 비가 내린 뒤, 바닷가에 떠밀려 온 불가사리를 한 마리씩 바다로 돌려보내는 일만 되풀이하는 남자 이야기. 몇 번을 다시 살아나도 진정한 행복과 진정한 슬픔을 알기 전에는 울 수 없었던 고양이 이야기. 그리고 황폐한 땅에 많은 시간을 들여 나무를 심은 남자 이야기.

나는 어느새, 어머니가 골라 주는 책을 슬그머니 기대하고 있었다.

그런 날들이 계속되던 어느 날, 나는 자연스럽게 도서관 서가에 손을 뻗고 있는 내 자신을 발견했다.

도서관에서 보내는 시간. 그 시간은 조금씩 늘어 갔고, 그 외출도 잦아졌다. 가을에서 겨울로 바뀔 때까지, 나는 내내 하늘만 올려다보며 오로지 하늘에 관한 책만 읽으며 보냈다.

다시, 학교에 갈까……, 갈 수 있을까…….

여전히 두려웠다.

몇 번이나 그렇게 결심했을까. 나는 단단히 결심하고 다시 학교에 나갔다. 상황은 아무것도 바뀌지 않았는데……. 나는 학교로 돌아갔다.

결국, 내가 학교로 돌아간다 해도 상담사의 조언에 따라 '차별 등교 조치'에 따라야 했다. 학교와 상담사 간의 타협안이란, '안전'이 '확보돼야' '등교할 수 있다'는 것.

나는 하루에 두세 시간 동안, 교장실로 등교하게 되었다. "학교에 나오기만 하면 된다."고 했던 말. 큰 결심을 하고 학교에 나갔지만, 책은 펼쳐 보지도 못한 채 두 시간을 허비하고 이튿날부터 회의실 등교로 바뀌었다.

교감 선생님과 담임선생님은 매일 아침 현관이나 교문까지 마중 나와서 아무 일도 없었던 듯이 웃으며 나를 맞이해 주었다. 선생님들은 내가 망가지기 전이라면 재미있어 했을 바느질을 가르쳐 주었고, 내가 좋아했던 수학자 이야기를 들려주었고, 아버지의 생일에 줄 선물을 함께 만들어 주기도 했다.

나 혼자만 특별 취급을 받는 것 같아서 마음이 편치 않았다. 쉬는 시간이면 1학년들로 북적대는 복도, 게다가 저학년들의 왁자한 웃음소리로 넘쳐나는 복도 끝에 자리 잡은 좁고 어두운 회의실. 회의실 등교는 나 혼자만 '학교'라는 환경에 적응하지 못하는 사람으로 부각시켜 다른 아이들과의 차이를 일깨워 주는 것 같아서 서글펐다.

4학년 때 다른 반이 된, 1학년 때부터 친하게 지냈던 '친구'가 몇 번이나 도시락을 들고 와서 함께 점심을 먹고, 장기를 두기도 했다. '친구'는 장기를 둘 때마다 일부러 져 주고는 과장되게 "졌다."고 말하곤 했다. 그 친구는 내가 교실에 가지 못하는 것에 대해서는 한 마디도 말하지 않았다. 나는 그것이 오히려 괴로웠다.

그리고…… 나는 한숨 소리를 듣고 말았다.

한 번만이 아니었다. 몇 번이나 듣고 만 그것은 "네가 오기만을 기다리고 있어."라고 말했던 선생님의 한숨 소리였다.

나흘 동안 교실이 아닌 다른 장소로 등교하고 종업식을 맞았다.

그동안, 하교는 언제나 교무실 현관에서 이루어졌다.

크리스마스 예배는 학교의 중요한 행사였다. 교감 선생님은 특별히 자리를 만들어 줄 테니 함께 예배에 참석하자고 했다. 하지만 나는 그날, 교감 선생님과의 약속을 어기고 학교에 가지 않았다.

겨울방학 내내. 나는 떳떳하지 못한 마음에 점점 자포자기하는 심정으로 초조하게, 그리고 씩씩거리며 주워 담을 수 없는 2주일을 보냈다. 크리스마스에도, 새해에도……. 나는 정말로 학교에 갈 수 없었던 걸까. 사실은 약간 무리하면 갈 수도 있었다. 그러니 별실 등교라도 참고 갔어야 하나, 아니면 그렇게 다닐 거라면 처음부터 가지 말았어야 하나……. 무리할 수 있었다면 좀 더 무리를 해서라도 교실에 갔어야 하는 거 아닐까…… 오로지 그런 생각뿐이었다.

2주간의 짧은 겨울방학 동안, 나는 막장에 갇혀 있는 느낌이었다.

그동안, 상담 선생님은 '힘을 내서 학교에 가는' 연습이라며 내가 강해지기 위한 지혜, 그 애와 맞서기 위한 방법을 반복해서 들려주었다. 이때부터 나는 철석같이 내가 잘못했다고 믿기 시작했다. 그런 일이 있었던 것도, 학교에 '가지 않았던' 것도, 이런 상황에서 빠져나오지 못하는 것도…….

모든 것이 헛돌기 시작했다. '어른'들이 멀찍이서 '나'를 에워싸고 책망하는 것 같았다.

'그래. 내가 나쁜 거야. 그러니까 약한 내가 강해지면 되는 거잖아.'

생각은 그렇게 했지만 나는 그 생각을 받아들이지 못하고 있었다.

내가 나쁜 건가? 내가 강해지면 되는 건가?

'상담이 필요한 것은 내가 아니다. 나는 이상한 사람이 아니다. 이대로 가만히 있는다면 당하는 사람이 나쁜 사람이 되지 않을까. 상담사 따위 필요 없다. 학교로 돌아가는 거다…….'

새해 시업식 때는, 별실로 등교하지 않기로 결심했다.

　다짐은 그렇게 했건만, 시업식 날에는 평소와 달리 예배
시간에도 수업 시간에도 늦어서 어머니와 함께 학교에 가게
됐다. 교무실 앞에서 교감 선생님을 만났다.
　"오늘부터 교실에 가겠습니다."
　교감 선생님에게 내 생각을 말했다. 그러자 교감 선생님은
나를 데리고 교실에 가더니 나에게는 그토록 무거웠던 문을
가뿐하게 열고, 담임선생님에게 내 뜻을 전했다. 담임선생
님은 몇 번이나 "잘됐구나, 잘됐어."라고 말하며 반가워했고
교실은 왁자해졌다. 몇몇 '친구'가 뛰어나와 반가워하는 동
안, 그 애와 '그 애들'은 눈을 단춧구멍처럼 가늘게 뜨고 무
슨 말인가를 주고받으면서 나를 노려보았다. 캡처한 장면처
럼 순식간에 지나간 짧고 긴 그 한순간, 교실을 둘러보자 기
뻐했을 '친구'의 눈동자가 녀석들과 같은 가면을 쓰고 있는
것 같았다. 아니, 물고기의 눈을 그림으로 그린 듯이 차갑
고, 물체 같은 눈이었다.
　알고는, 있었다. 각오도 하고 있었다. 이제부터 또 끝없는
하루하루가 시작될 거라고.

그것은 요리 수업 시간에, 음악실을 오가는 길에, 미술 작업 시간에, 견학할 수밖에 없는 체육 시간에⋯⋯. 생각해 보니, 체육 수업을 반 아이들과 함께한 적이 없다⋯⋯.

'어른'은 썩어 문드러질 정도로 많았다. 나는 도와줄 사람을, 계속, 계속 찾고 있었다.

그 애는 패거리를 더 늘려, 나와 마주칠 때마다 일부러 내 몸에 부딪쳐 오거나 슬픈 조롱을 일삼았다.

그날은 비가 내렸다. 점심시간, 식욕을 잃고 식어 버린 찬밥을 혼자 깨작거리고 있을 때. 교실에서 놀던 그 애가 느닷없이 나를 향해 달려왔다. 가슴이 쿵 내려앉을 정도로 놀랐다. 다음 순간, 나는 배를 움켜쥔 채 웅크렸다.

비참했지만 역시 나는 '어른'에게 그 일을 보고했다. 그 애는 이미 도망치고 없었다.

그러자 내가 도움을 바랐던 '어른'은, 여느 때와 마찬가지로 무엇을 위한 것인지도 알 수 없는 애매한 '상황 파악'을 몇 번이고 계속했다.

그 애는 실실 웃으며 "그냥 부딪힌 것뿐이에요."라고 둘러댔다. 그리고 '어른'은 그 애에게 "저 애는 그렇게 말하지 않던데.”라고 말하며 거푸 한숨만 폭폭 내쉬었다. “항상 옆에 있어 줄 테니까, 이제 괜찮아.”라면서 나를 지켜 주겠다고 약속한 ‘어른’은 나와 그 애의 손을 잡게 하고는, 서로 “미안해.”라고 사과하는 장면을 거듭 연출시켰다.

하루하루가 한계상황이었다.

그날도 단단히 마음먹고 학교에 갔다.

나의 ‘단단히’가 며칠간 이어지자 ‘어른’의 대응은 조금씩 형태를 바꿔 가며, “서로 좋은 점을 찾아보자.”라고 말하는 날도 있었고, “라이벌이란 말은 한자로 호적수라고 쓴단다. 너희는 좋은 라이벌이야.”라며 웃는 얼굴로 타이르는 날도 있었다. 그때마다 나는 놀랐다. 정말로, 깜짝 놀랐다.

‘어른’이 도와주겠다…… 나는 그 말을 수도 없이 들었고, 그 말을 믿고 싶었다. 그렇기 때문에 그런 상황에서도 나를 억누르고, 잠자코 타이르는 말을 듣고 돌아왔던 것이다.

그런 상황에서 공부 따위 손에 잡힐 리 없었다. 줄곧 노력해서 우등생 자리를 지켜 왔지만 시험 점수도 80점, 50점……, 뚝뚝 떨어졌다. 유일한 즐거움으로 삼고 도전했던 월반 검정 시험도 벌써 다섯 번이나 미끄러졌다.

내 미간에는 항상 뭔가가 무겁게 얹혀 있었다. 그리고 그 무게는 머리 위에서도 느껴졌다. 늘 머리가 아팠다.

매일 저녁, 학교에서 집으로 보고 전화가 걸려 왔다.

어머니는 큰 소리로 말했다.

"학교에서 즐겁게 보냈다고요? 그 말은 믿을 수 없습니다. 그 말이 사실이라면, 저 애는 왜 집에 오자마자 현관에 웅크리고 앉아 말없이 울기만 하는 걸까요? 선생님, 학교란 데가 죽어도 참고 가야 하는 덴가요? 선생님은 '내일도 기다리겠습니다.' '데리고 와 주세요.' 그렇게 말씀하시는데, 학교란 데가 무슨 일이 있어도, 목에 줄을 매서라도 꼭 보내야 하는 곳인가요?"

나는 이제 목만으로는 나의 무게를 지탱할 수가 없었다.

어머니는 나를 꽉 끌어안아 주고는 내 눈을 똑바로 보고 말했다.

"내 얼굴을 똑바로 보렴. 잘 들어. 어른은 말이야, 어린아이들을 돕기 위해 있는 거란다. 학교, 재미없지? 눈곱만큼도. 솔직하게 말해 봐."

그 뒤로도 여전히 보고 전화가 걸려 왔다.

어느 날 저녁, 할머니와 동생과 셋이서 패밀리레스토랑에 갔다. 할머니는 다정하게 계속 "뭐 먹을 거니?", "이거 먹으렴." 하면서 디저트까지 주문해 주었고, 떠드는 동생을 나무랐다. 저녁을 먹은 뒤에, 할머니는 오랜만에 자신의 집에 데리고 가서 내 몸을 씻겨 주었다.

그날 밤, 아버지와 어머니는 화난 얼굴로, "학교에 갔다 오마."라고 말하고 집을 나갔다.

우리 반 엄마들 중에서 가장 젊었던 우리 어머니. 학교에 올 때면 언제나 멋지게 차려 입고 헤어롤로 머리칼을 말아 예쁜 머리 모양을 했던 어머니는, 그날은 시커먼 옷을 입고 울어서 퉁퉁 부은 얼굴 그대로 화장도 하지 않은 채 나갔다.

그리고 밤 10시 반이 지나서야 돌아왔다.

'아무것도, 변할, 리가, 없어……'

거의 모든 감각이 둔해지기 시작했다. 마음속에서 그것만, 그것만 또렷이 느껴졌다.

째쟁 하고 째지는 소리가 몇 번이나 들렸다. 목만으로 지탱할 수 없게 된 '무게'가 어깨를 짓누르기 시작하더니 마침내 쿵 하고 떨어져 버린 것이다.

그 애들은 서서히 늘어갔다.

그 거무칙칙한 감정과 인원수는 비례했다.

"더러운 병자!"

"어서 죽어 버려!"

"사라져라. 이 병자야!"

"여긴 병자가 올 데가 아니라고!"

"꼴 보기 싫어."라고 외치는 합창. "죽어!"라며 울리는 박수……

밑으로 수그러진 목이 좀처럼 위로 올라가지 않았다.

그리고……. 뚜껑을 닫아 가둬 둔 줄 알았던 그 생각이 뿜어져 올라왔다.

'내가 정말로 사라져 준다면 그 애는……. 원하는 대로 사라져서 귀신으로 나타나 주지.'

얼굴을 드니, 커다란 강철 같은 얼굴이 눈앞에 있다. 또다……. 웃음소리가 울려 퍼지는 저녁 식사 시간. 우리 집이 아니다. 즐거워 보이고, 먹음직스러운 음식이 있는 장면, 갑자기 그 장면이 쑥 뽑혀 나가더니 야경으로 바뀐다. 무수한 삭은 불빛이 빛나는 높은 곳. 미간에 난 커다란 혹을 문지른다. 다시 한 번 야경을 보고 아래를 본 순간, 발이 사라지고 없다.

　내가 귀신이 되는 꿈을 자주 꾸었다. 그러자 이런 생각이 올라왔다.

　'이제 약간의 용기만 있으면 돼. 그럼 편안해져. 더는 그 애의 얼굴을 보고 싶지 않아.'

　오랜만에 한동안 멀리했던 상담사를 만난 날, 그가 나에게 물었다.

　"너는 참 똑똑하구나. 장래의 꿈이 뭐지? 크면 뭐가 되고 싶니?"

　"저어……."

　쉽게 말이 나오지 않았다.

　"저어……. 저는……. 크는 일은, 없을 지도…… 몰라요."

　선생님이 웃었다.

　"아니야, 클 거야. 너는 극복해야 돼."

　'극복, 이란 게, 뭔데요……?'

　통증의 게이지가 끝까지 올라가는 데 걸리는 시간은? 그리고 통증의 양은? 슬픔의 눈금과 외로움의 무게…….

손을 펼쳤다. 이만큼.

그때. '내'가 펼친 손의 너비는 분명 이 정도였을 것이다. 손을 펼쳐 보았다. 그때, 나는 수도 없이 손바닥을 펼쳐서 질리도록 재 보았다.

사물이 투명하게 보였고, 눈앞에 펼쳐진 것은 모두 잿빛이었다.

'나'는, 어린아이를, 그만두고 싶었다.

아버지는 나를 어린아이로 되돌려 놓고 싶어 했다. 틀림없이 그랬을 것이다.

집에 있을 때면 아버지는 한 손으로는 동생을 안고 다른 한 손으로는 하염없이 내 머리를, 그리고 어머니의 머리를 번갈아 가며 쓰다듬었다. 무슨 일이 있어도 꼭 나와 함께 이불 속으로 들어갔고, 이불 속에서 언제까지나 내 이마를 어루만져 주었다.

집에서는 철저히 수비하고 있었다. 하루 종일, 내가 혼자 있지 않도록 완벽하게 대비하고 있었을 테지만…….

잠드는 것이 두려웠다. 밤이 이슥해지기를 가만히, 조용히, 기다렸다.

깊은 밤, 누군가 낄낄거리며 나를 찾아온다. 그리고 나를 데리고 나간다. '그 애'가 '그 애들'과 함께 나를 쉬는 시간의 교실로 데리고 나온 것이다.

녀석들은 비 내리는 밤에는 오지 않았다.

나는 종이 구멍 속에서 날뛰다가 숨 막힐 듯 답답한 상태로 아침을 맞곤 했다.

그리고 목구멍 안쪽에서 후유 후유 하는 소리와 함께 내뱉는 숨만이 호흡이 되었다.

갑자기, 눈앞이 깜깜해졌다.

또다…….

이대로, 앞으로 몇 시간이나 지나면 죽을까…….

의식이 아득해질 때쯤, 어머니와 아버지는 다시 나를 '지금'으로 데리고 돌아왔다. 의사가 준 기구와 약을 써서.

지금은 어머니도 나도 발작에 익숙해졌지만 어머니의 익숙한 조치는 나와 함께 출발했다. 어머니는 슬플 정도로 끊임없이 나를 발작에서 구해 냈다. 나를 보살펴 주는 어머니의 눈에는 눈물이 그렁그렁 맺혀 있었고, 입에서는 미안하다는 말이 떠나지 않았다. 그렇게 하룻밤 사이에 나를 몇 번이나 발작에서 구해 낸 어머니와 아버지가 내 손을 한쪽씩 꽉 잡아 주면 나는 꾸벅꾸벅 졸았다.

하루하루가 아슬아슬했고, 막장에 갇힌 느낌이었다.

마음도, 몸도, 한계에 다다라 있었다.

'짓궂은 속삭임'

이것을 반복해서 의식에 주입한다면, 분명 누가 가르쳐 주지 않아도 살아갈 수 있는 최소한의 본능이 손상을 입을 것이다.

그때, 나의 '내일'은 송두리째 없어져 버렸다.

'Oh my god'에 있는 신은, 뭘 해 주는 거지……?

하루하루 무디지 않은, 날선 칼날 위를 눈을 가린 채 걷고 있었다. 손으로 더듬거리며 앞으로 나아가려고 했지만 꼼짝도 할 수 없었다. 게다가 등에 짊어진 '뭔가'의 무게는 칼끝에 움츠린 내 발을 꾹꾹 내리눌렀다.

"누구냐!"

사람은 보이지 않고 목소리만 들렸다.

"너는 내 편이냐? 아니면, 적이냐?"

동생의 몸에 열이 나던 날.

"오늘, 동생은 열이 나서 유치원에 못 가겠구나. 병원에 데려가야 하는데. 오빠, 어떡할 거니? 할머니 오시라고 해서, 함께 학교에 가면 어떨까?"

어머니가 그렇게 물었다.

간신히 버티고 있는 내 몸에 또 다른 무게가 느껴졌다.

'뭔가'의 무게를, 나는 확실히 느꼈다.

오늘이 기회가 아닐까.

순간 머리털이, 온몸의 털이 곤두서는 것 같았다.

등골이 오싹했다. 걱정하는 어머니에게 깜찍한 이유를 대고는, 일부러 제일 빳빳하게 다림질된 깨끗한 와이셔츠와 올이 하나도 풀리지 않은 양말을 신고, 세탁소에서 찾아온 뒤로 한 번도 입지 않은 교복을 입었다. 무엇을 의식했던가. 이날은 믿을 수 없을 만큼 초고속으로 학교에 갈 준비를 마쳤다.

"괜찮아요. 저 혼자서 학교에 갈게요."

그리고 애써 밝게 웃으며 집을 나섰다.

등 뒤로 어머니의 시선을 느끼며 걷기 시작했지만 발은

전혀 앞으로 나가지 않았다. 찬 공기가 콕콕 얼굴을 찔렀다. 가슴이 쿵쿵 울리고, 얼굴이 화끈화끈 달아오르고, 수많은 얼굴들이 떠올랐다. 눈물이 났다.

나는 나아가지 않는 발을 질질 끌며 육교를 향해 갔다.

제3화

　　육교로 올라갔다.

　　바로 앞에는 골조뿐인 흉측한 높은 빌딩이 서 있었다. 그 뒤쪽에는 경찰서.

　　내가 제자리걸음하는 동안에도 세상은 나아가고 있었고, 밑에서 달리는 차는 시시각각 색채를 바꾸어 갔다.

　　육교 위에서 흘러가는 차를 바라보고 있자니, '나'의 눈에는 달리는 차들이 하나같이 서둘러 학교 쪽으로 가는 것처럼 보였다.

　　가만히 발밑을 내려다보자, 많은 차들이 흘러가다 멈추고, 그리고 또 많은 차들이 다른 방향에서 집 쪽을 향해 급히 달려갔다.

　　그런데 이 가죽 구두는 왜 이렇게 반짝반짝 빛날까.

"너희 반에서 제일 멋진 구두를 찾았단다."

어머니가 그렇게 말하고 사 준 구두였다. 어머니는 언제나 갓 새로 산 것처럼 구두약을 발라 정성껏 구두를 닦아 주었다. 하지만 그렇게까지 구두가 반짝반짝 빛났던 것은 전혀 신지 않았기 때문이다. 학교에 가지 않았으니까…….

눈앞이 구불텅 일그러졌다. 여러 사람들의 여러 가지 목소리가 한꺼번에 들려왔다. 내 머릿속에서는 카오스적인 음계가 연주되고 있었다. 이번에는 여러 사람의 얼굴이 공포와 전율을 느끼게 했던, 언젠가 봤던 유명한 전쟁 그림처럼 서로 겹치고, 뒤섞이고, 녹아내리며 내 주위를 맴돌았다.

나는 엉겁결에 난간을 붙잡은 채 웅크리고 앉았다. 감옥 창살 같은 난간에 기대어 그 틈으로 아래를 내려다보자, 나를 뚫고 가듯 여러 대의 차들이 일제히 빠져나갔다. 아픈 것도 아닌데, 춥고 두려워서 나도 모르게 신음이 나오고 눈물이 쏟아져서 미칠 것 같았다.

'나'는 신발을 벗을 수가 없었다. 꼼짝할 수도 없었다.

아무도 다니지 않는 육교 위에 주저앉은 채 학교 쪽을 보고 한동안 계속 울었다. 얼마나 울었을까. 문득, 집 쪽을 돌아본 나는 태양이 눈부셔서 얼굴을 돌려 버렸다. 그러자 조금 전에는 보지 못했던 새하얀 후지산이 조그맣게 보였다.

눈앞에 보이는 육교의 난간 밑으로 손을 뻗었다. 그리고 손톱으로 득득 긁어 보았다. 계속 물어뜯어온 손톱은 더는 동물의 무기가 되지 못했다.

"제길, 제길."

부드러운 베이지색으로 도장된 그곳에 열쇠를 꽉 쥐고 무심코 새겨 넣은 '말'.

단단한 베이지색 난간에 나는 힘껏 그 말을 새겨 넣었다.

살 려 줘 살 려 줘.

그것은 침몰하는 배 안에서 쉴 새 없이 살려 달라고 신호를 보내는 선장의 마음과도 같았다.

나는 한 번 더 집 쪽을 돌아보고, 내가 낸 새로운 상처를 어루만졌다. 신기하게도 까끌까끌한 감촉이 기분 좋게 느껴졌다.

"학교에 가자. 학교에, 가야지."

지금 내가 할 수 있는 건, 그것뿐. '나'는 무엇인가에 쫓기듯 뛰기 시작해서 단숨에 역 계단을 뛰어 내려갔다. 손바닥에 아련히 아픔이 느껴져서 보니 엷게 피가 배어 있었다. 개찰구를 나가자마자 눈앞에서 9시 51분 전철이 떠났다. 화장실에 가서 얼굴을 씻고 거울을 보았다. '나'의 얼굴은 왜 이렇게 슬플까.

"가야 한다. 학교에."

다음 전철에 올라탔다. 속이 메슥거리고, 심한 구역질에, 현기증까지 일었다.

나는 지금도 아까 그 얼굴 그대로일 거야, 그렇게 생각하는 동안에도 전철은 여느 때의 페이스로 역을 하나하나 지나고 있었다. 이 전철 안의 몇 안 되는 승객들은 모를 것이다, '내'가 조금 전까지 소름 끼칠 정도로 무서운 생각을 하고는 겁이 나서 울음을 터뜨렸다는 것을.

당연한 일이 아닐 수도 있지만 전철은 제시간에 역에 도착했다. 신기하게도 아무 느낌도 없었다.

'나'는 플랫폼에 내려설 때 마음껏 점프를 해 보았다.

깨끗한 가죽 구두를 신은 '나'의 두 발은 단단히 바닥을 밟고 서 있었다. 평소에는 큰 소리로 "내려요."라고 말하지 않으면, 아니면 어른이 내리는 흐름을 타지 못하면 내리지 못할까 봐 허둥대곤 했다. 플랫폼은 출근 시간대가 지나자 완진히 팅팅 비어 있었다. 에스컬레이터를 타고 개찰구로 가자 늘 보는 역무원이 나를 보고 "안녕. 감기 걸렸니?"라고 말을 건넸다. 당시는 승무원에게 차표를 보여 주지 않으면 개찰구를 빠져나갈 수 없었다. 겨우 꾸벅 인사만 하고 단숨에 지상으로 뛰어 올라갔다. 그리고 목도리로 연신 눈물을 닦으면서 되도록 시간을 들여 천천히 학교까지 걸어갔다.

교문에 도착하자 숨이 차고 앞이 잘 보이지 않았다. 다만 3층 교실만 또렷이 보이자 불현듯 육교에서 느꼈던 두려움이 되살아났다. 나를 본 경비원이 순간 놀란 얼굴을 했지만 곧바로 빙그레 웃으며 "안녕." 하고 문을 열어 주었다.

교실로 가는 동안, 귀가 저릿저릿하고, 웽웽 귀 울음이 일더니 계단을 한 단씩 올라갈 때마다 몸이 후들후들 떨렸다. 교실에 도착할 때까지는 아무도 만나지 않았다. 하지만 교실에 들어가면 틀림없이 모두가 돌아볼 것이다. 한꺼번에 80개의 시선이 나에게 쏟아지는 그 순간이 나는 끔찍이 싫었다. 나 혼자만 녹아들지 못하는 것이. 그리고 그 애는 또 그 눈으로 노려볼 것이다. 내 몸은 더욱더 심하게 떨렸다.

그날은 아무도 떠들지 않았다. 선생님은 살짝 억지웃음을 지으며 "어서 오렴. 잘 왔다." 하고 맞아 주었다.

그 뒤로 통과의례 같은 조롱의 시간이 지나고, 여느 때처럼 모욕적인 말들이 쏟아졌다. "죽어 버려!", "이 새끼!", "더러운 병자!", "아직도 살아 있었냐!" 나는 그런 말들을 들어야 했다.

그리고 무엇보다도 이날부터 내 주위에는 아무도 없었다. 아니, 사실은 지금까지도 아무도 없었다.

그렇게 한심하고, 그렇게 슬펐지만 어머니와 약속했기 때문에 꿋꿋하게 버티며, 나는 "죽어 버려!"라는 말을 듣기 위해 학교에 갔던 거다. 나는…….

그날은 몇 번이나 얼굴을 씻었다. 수업은 채 2교시도 듣지 않았는데 점심시간이 되었다. 도시락을 보자 아침부터 쌓였던 울분이 왈칵 복받쳐 올랐다.

아무도 나를 보지 않았을 테지만, 나는 연신 손등으로 눈을 문지르며 내가 좋아하는 반찬들로만 채워진 도시락을 먹었다. 심하게 구역질이 났지만.

'이런 날은, 정말, 정말로 마지막이 되게 하자. 이런 오늘도, 내 도시락은 우리 반에서 가장 호화롭네. 엄마, 맛있어요. 나는 정말로…….'

나는 수업이 끝나기 무섭게 맨 먼저 교실을 뛰어나와 교문을 향해 뛰어나갔다. 학교에서 나와 모퉁이를 돌 때까지,

숨도 쉬지 않고 뛰었다.

"앗."

어머니가 서 있었다.

어머니는 아랫입술을 꽉 깨문 채 '차렷' 자세로 서 있었다. 내 머리를 몇 번 가볍게 두드리고는 눈물을 흘리며 내 가방을 받아들고 말했다.

"미안하구나. 약속, 지켜 주었구나. 정말, 잘 버텼어. 얘야, 힘들면, 이제 학교에, 그만 다닐까?"

어머니와 나는 손을 잡고 울면서 집으로 돌아왔다.

그로부터 며칠 뒤, 나는 머리를 다쳤다.

초등학교 입학을 앞둔 동생의 책가방과 학용품이 도착한 날.

방과 후였다. 심하게 얻어맞았다.

원인은, 이유 없는 트집이었다. 나는 도둑 소리를 들으며 머리에서 피가 나도 꾹 참으며 꼼짝도 않고 버텼다. 고개를 숙인 채, 하지만 이를 꽉 깨물고.

내 상처를 치료했던 의사 선생님은 입을 열자마자 "대체 몇 대나 얻어맞은 거냐?"라고 물었다. 그리고 엑스레이를 찍어 진단서를 써 주었다.

"어머니, 이건 분명 구타당한 상처입니다. 이렇게 피가 날 정도로 맞았어요. 이거 가지고 학교에 가셔서 단단히 말씀하세요."

그리고 나에게, "많이 아팠지? 몇 대나 맞은 거냐. 그래그래, 잘 참았다. 하지만 다음에는 되갚아 주고 와야 한다. 이제 괜찮다, 학교에 가도 돼."라고 말하고는 몇 번이나 내 어깨를 어루만져 주었다.

되갚아 준다면, 나는…….

저녁 무렵부터 수없이 전화벨 소리가 울렸다. 어머니와 아버지는 번갈아 가며 전화를 받았다. 아버지가 호통치는 소리가 들렸다. 그런 전화 통화는 밤 11시 이후에도 계속됐다.

나를 도와주러 들어오지 않았던 '친구'가 본 것을 증언해 주었다고 했다.

그 뒤로 그 사건이 며칠 만에 흐지부지 됐을 거란 예상은, 다음 날도 그 다음 날도 침통한 표정으로 해결책을 찾느라 안간힘을 쓰는 부모님의 모습에서 어렵시 않게 할 수 있었다. '나를 도와줄 제3자'를 찾는 어머니가 울면서 전화하는 소리를 훔쳐 들었다. 똑똑히 듣지는 못했지만 "'자작극'이나 '미친 장난'으로 끝나게 할 순 없어요."라고 말하는 소리를 나는 스쳐들었다.

그들은 기를 쓰고 뭔가를 감추고 있었다…….

끈질기게 자신의 아이들이 아니라고 했다.

분명히 감추고 있었다…….

솔직히 말하면, 그때 내가 가장 믿었던 것은 여섯 살 때 만난 교감 선생님의 얼굴이었는지도 모른다. 주위에서는 억측의 말들이 덧쌓여 갔고, 그리고 '나'는 거기에 짓눌려 죽어가고 있었고…….

"범인을 찾는다고요? 범인은 한 사람입니다."

그 말을 들은 이후로 나는 말을 할 수 없게 됐다.

고양감으로 가득 찬 교실.

얼굴이 시뻘게진 채 히죽거리는 녀석이 있었다.

눈을 크게 뜨고 좋아 날뛰는 녀석.

끼익끼익 괴상한 소리를 지르는 녀석.

이상했다. 분위기가 이상하게 고조되는가 싶더니, 모두들 나를 주목했다.

　사람들은 한 사람을 규탄하기 위해 이토록 열광할 수 있단 말인가…….

　옷을 갈아입기 직전에 옷이 없어졌다. 게다가 그 애들은 당황하는 나를 쓰러뜨렸다.

　오늘 공부할 부분도, 내일 공부할 부분도, 다 찢겨 나간 교과서. 찢긴 채 발자국투성이가 된 더러워진 바지.

　아이들은 그렇게 하나가 되었다.

　나는 죽을 때까지 써야 할 뭔가를, 그때 모조리 써 버렸다.

　어른들의 감정과 생각은 서로 뒤섞인 채 얽혀 있었다. 더러운 어른들의 추악한 감정이 나를 엉망으로 만들어 갔다. 나는 할 말을 찾지 못했다. 어머니는 그저 애처롭게 함께 괴로워하고, 힘들어하고, 속상해하면서 눈물을 흘리며 나를 꼭 안아 주곤 했다. 전문가와 의료인도 무수히 만났다.

　나의 정신감정을 담당한 상담사 선생님은 굳이 나를 동석시킨 자리에서, "자작극이란 있을 수 없습니다."라고 내 앞에서 단호하게 말해 주었다.

　그건 어머니도 이미 알고 있는 사실이었다. 나는 '내'가 아

닌 누군가에게 그 사실을 분명하게 말해 주기를 바랐던 적
도 있다. 하지만 이제 그런 건 어찌되든 상관없었다.

다만, 이 상황을, 생지옥을, 누군가가 어떻게든 해 주기를
바라고 있었다.

그날이 결정적인 날이 된 이후로 미칠 것 같은 괴로움에
서 빠져나오지 못한 채로, 가까스로, 가까스로 하나의 계절
이 오롯이 지나갔다.

학교에 가지 않고 받은 '5', 만점의 '5'로 장식된 통지표도,
4학년도……

녀석이 끝까지 두둔을 받았다고 해서 구원받은 건 아니다.

도리어 녀석은 구원받지 못한 거다.

하지만 '나'는 완전히 외톨이는 아니었다. 늘, 항상. 왜냐
하면 나를 생각해 주는 사람이 있었으니까. 나의 어머니와
아버지가 대단한 사람들이었으니까.

"너의 목소리가 들려."

"'나'에게는 '너'의 내일이 보여."

그렇기 때문에 다시 일어서야 했다. 나는 '그 애들'을 용

서할 수 없는 내 자신을 더 호되게 꾸짖고 있었다……. 어른에게 도와 달라고 말할 때마다 내가 갈 곳은 점점 없어졌고, 나 혼자만 한심하고 초라해졌다. 마침내 학교에 갈 수 없게 된 이후로 '나'는 완전히 나 자신으로부터 빠져나와 말을 할 수 없게 된 것이다.

"아주 오랜 시간에 걸쳐 자신을 잃어 왔기 때문에, 씩씩해지려면 그 곱절의 시간을 들여야 돼."

어디선가 만난 훌륭한 선생님이 그렇게 말했다.

당신은 무엇을 안다고요…….

그대로 새 학년이 될 때까지 나는 학교에 가지 않았다.

끝도 없이 생각했다.

좋은 방법 따위 떠오르지 않았다. 원래부터 그런 건 없었다. 그렇다, 처음부터 없었다. 다만, 우리 초등학교와 같은 재단의 대학 목사는 이렇게 말하며 나를 위해 울어 주었다.

"진실은 단 하나이고, 반드시 하느님의 심판이 내려질 거란다. 네가 이야기해 준 그 괴로운 마음이 바로 진실이라고 나는 믿는단다. 하느님의 심판에 따라 징계가 이루어질 거야."

'하느님'은 나에게 무엇을 해 준 거지.

멍하니 그렇게 생각했다.

그 무렵, '나'라는 단단한 덩어리에 돋친 뾰족뾰족한 가시를, 동생이 달려들어 맨손으로 하나씩 쏙쏙 뽑아냈다.

아무것도 먹을 수 없었고, 말도 할 수 없었다. 자살병에 걸린 것처럼 흉측한 '나'는 눈물로 보냈다. 때는 3월에 접어들어 있었다.

동생은 내가 다니던 초등학교에 입학이 결정됐다. 하지만 동생은 미리 받은 교복과 책가방까지 모두 내팽개치고 입학을 거부했다. 그리고 입학할 학교도 정하지 못한 채, 책상 밑에 틀어박혀 있는 '내' 옆에 바짝 붙어 있었다.

"오빠, 모레는 말이야, 히나마츠리(일본에서 여자아이의 명절인 3월 3일에 지내는 행사. 제단(祭壇)에 일본 옷을 입힌 작은 히나인형들을 진열하고 떡 · 감주 · 복숭아꽃 등을 차려 놓음-옮긴이)야. 그래서 히나인형 그림을 그리고 싶은데, 어느 쪽이 다이리사마(히나인형 중에서 일왕, 왕후의 모습을 본떠서 만든 남녀 한 쌍의 인형-옮긴이)야?"

동생은 왼손과 오른손을 내밀며 물었다. 그렇게 책상 밑에서 나누던 몇 마디 대화. 그해 우리 집은 히나인형도 꺼내 놓지 않았다.

"유치원에서는 그림을 그릴 텐데."

섭섭한 듯이 말하던 동생…….

"왜 우리 오빠만 학교에 안 가?"

우리 집에서는 언제나 몸이 약한 내가 최우선이었고 동생은 갓난아기 때부터 늘 뒷전이었다. 하지만 동생은 늘 나와 함께 있어 주었고, 한 번도 불평 따위 한 적이 없었다. 친구도 없고, 밖에 나가 놀 수도 없었던 내가 하느님에게 간절히 기도해서 마침내 와 준 동생. 어쩌면 나의 가장 큰 바람은 이미 이루어졌는지도 몰랐다…….

동생은 내가 다니는 학교에, 나와 함께 다니고 싶어 했다. 동생은 유치원에 들어갈 때부터 자신은 그 학교에 들어갈 거라고 믿고 있었다.

마침내 궁지에 몰린 한심한 오빠를 보고 동생은 뜻밖에, "나, 유치원도 그만두고, 학교에도 안 갈 거야. 계속 오빠랑 함께 있을래. 그러니까 오빠, 그만 울어. 모두가 바보야. 내가 계속 함께 있어 줄게."라고 말하고 나의 지정석인 책상 밑으로 들어와 며칠이고 조용히 함께 있어 주었다. 입을 꾹

다문 채 내 옆에 딱 붙어 있었다. 동생이 옆에 있으니 아주 따뜻했다. 그런 동생은 책상 밑에 틀어박혀 있는 나에게 무척 힘이 되었고, 우리 가족에게 끊임없이 빛을 보내 주었다.

동생은 빛의 아이, 그 자체였다.

빛의 아이답게 걸어가고 있었다.

내내 걱정만 끼친 이 아이에게, 적어도…….

대학의 한 선생님이 권해 주고 소개해 준 애니멀 테라피는 '나'에게 상담보다 훨씬 힘을 주었다. 형제가 자신의 발을 잘라 먹어도 태평하게 웃는 도마뱀을 보고 있는 사이에 뒤틀린 내 마음도 조금은 풀어졌다. 나는 도무지 음식을 먹을 수 없었지만 여러 어른들과 약속했기 때문에 조금씩 먹기 위한 노력도 하기 시작했다. 아버지와 어머니는 불필요하게 웃는 얼굴을 보이지는 않았다. 모두들 애써 밝게 행동하면서 하루하루를 열심히, 치열하게 보냈다.

"너는 살아가는 것을 선택해야 해."

"내일은, 정말로, 보여."

아무리 발버둥 쳐도 바뀌는 것은 없었다. 그런 상황 속에서 소중히 보낸 '헛된 시간'이었다. 동생과 어머니는 번갈아 가며 쉴 새 없이 나에게 따뜻함과 빛을 보내 주었다. 그 덕분에 퍼석퍼석 메마른 내 마음은 치유에는 이르지 못했지만 더는 파괴되어 가지도 않았다.

교장 선생님이 사과했다는 소식이 들려왔다.

"너무 큰 상처를 준 걸 어떻게 사죄드려야 할지 모르겠습니다. 정말로 죄송합니다."

학교 측은 "최우선으로 피해 아동의 구제에 힘쓰겠다."는 방침을 세웠다고, 상담 선생님이 그렇게 전해 줬다.

그리고, '그 애'가 투덜거렸다고도.

"부러웠어요."

그렇게, 말했다, 고…….

나는 엉겁결에 결심하고 말았다.

'그 학교로, 돌아가겠어. 가는 거다. 학교에.'

"'너'는 나쁘지 않아. 그 녀석들이 나쁜 거지. '너'는 잘못한 거, 없어……."

5학년.

4월, 동생은 내가 다니는 학교에 입학했다. 동생의 담임선생님은 학교에서 가장 무섭기로 소문난 선생님이었다. 하지만 나도 꼭 한 번은 배우고 싶었던 선생님이었기 때문에 마음이 놓였다. 뭔가가 바뀔 지도 모른다고 생각해서는 안 된다는 것을 알면서도 나는 작은 기대를 품고 새로운 생활을 시작했다.

새로운 '나'의 담임을 보는 순간, 그 예감이 적중했음을 느꼈다.

1학년 때 처음으로 혼자서 학교에 갔던 날, 교문에서 등교 지도를 담당했던 선생님이다. 그날, 선생님은 긴장해서 울상을 짓고 있는 나를 보고 다정하게 생글생글 웃어 주었다.

"뭐든 네가 하겠다면 무슨 수를 써서라도 할 수 있도록 해 주고 싶구나. 그러니까 하고 싶은 것이 있으면 말해 주렴. 방법도 알면 말해 주고."

시업식 날, 선생님이 그렇게 말했다. 그날 선생님은 많은 말을 하지는 않았다. 진심으로 사랑이 가득 담긴 얼굴로 나를 바라본 채 눈물을 줄줄 흘렸을 뿐이다. 그때 나는 직감했다. 뭔가가 조금은, 변할 지도 모른다고.

새내기인 여동생과 아침 7시 대의 전철을 타고, '너'는 다시 학교에 다니기 시작했다. 그 후로도 누군지 알 수 없는, 보이지 않는 적은 몇 번인가 나타났다 사라지곤 했다. 하지만, '너'에게는 소중한 여동생이 있었다. '나'에게는 그토록 길게 느껴졌던 20분 동안의 승차 시간 내내, 동생은 무척이나 즐거운 얼굴로 기쁜 듯이 '나'를 올려다보며 정말로 신이 나서…….

그날 이후로도, 상황은 아무것도 바뀌지 않았다. '나'의 오명이 씻기는 일은 끝까지 없었다.

그리고 나와 반이 갈라진 '그 애'의 조소는 숨죽인 채, 시선과 분위기로 바뀌어 나타났다.

담임선생님은 언제나 의연했다.

어느 날, 계단을 내려가는데 갑자기 등 뒤에서 호통 치는 소리가 들렸다.

"너, 지금! 뭘 하려고 한 거지? 그 애한테 다가가지 말라고 했지?"

돌아보니 '그 애'가 있었다. 선생님은 변명하지 못하도록 '그 애'를 교실로 돌려보냈다. 그리고 나에게도 나무랐다.

"너, 지금 저 애가 어떤 얼굴로 네 뒤에 바짝 다가갔는지 알아? 조심해야지. 얼마나 위험한 상황이었는지 알기나 해? 다시는 혼자 다니지 마라."

그 뒤로도 선생님은 '그 애'가 우리 반에 들어올 낌새만 보여도 뛰어가서 사정없이 호통을 쳤다. 그래도 '그 애'가 계속 우리 반 교실 밖에서 얼쩡거리자 선생님은 마침내 '그 애'를 붙잡아 다시는 나에게 다가오지 않겠다는 다짐을 받았다. 그 사실은 나중에 선생님으로부터 전해 들었다.

다만, 어떤 상황에서도 내가 '그 애'를 용서했던 것만은 사실이다.

신의 가르침이 있었기 때문에.

시간은 흘러갔다.

그리고 평화로워 보이는 곳에 다다랐다.

'그렇다고 내가 속을 것 같아!'

아무것도 바뀌지 않았다. 단지, 시간이 지났을 뿐.

이렇게 단 몇 개월 만에, 이렇게, 단······.

남들은 잊었다. 주위의 녀석들은 모두 잊었다.

그리고 그 애도······.

두려운 것.

그건 '나'는 아직도 똑똑히 기억하고 있다는 것이었다. 지금도 악몽을 꾼다. 틀림없이 '나' 혼자만 절대로 잊지 못할 것이다.

여전히 그때의 비참한 자신에게서 빠져나오지 못하고 있었다.

나에게는 아직도 뛰어넘을 수 없는 벽이 있었고, 그것이 시도 때도 없이 불쑥불쑥 얼굴을 내밀고는 나를 끈질기게 괴롭혔다…….

"'너'는 도망치지 않을 결심을 했고, 나쁜 짓을 한 적도 없어."

그래서 결심했다. 더는 너무 기대하지 않도록, 너무 좌절하지 않도록, 너무 즐겁지 않도록…….

그렇게 살다 보면 전혀 다른 내가 될 것이라고 생각했다.

내 몸이 너무 건강해지자 도리어 힘들어졌다. 그 학교에 내가 있을 곳이 있을까, 그건 알 수가 없었다. 나는 악몽 같았던 그때로부터 빠져나오지 못하고 있었다…….

동생은 새로운 생활에 마냥 신이 나 있었다.

마침내 5학년이 끝나가고 있었다. 기말 개인 면담을 앞둔 어느 날, 담임선생님이 나를 불렀다.

"중학교는, 어떻게 할 거니?"

나는 곧바로 대답했다.

"여기만 아니면 어디든 좋아요."

진심이었다. 그래서 빛의 속도로 그렇게 대답한 것이다.

선생님은 슬픈 얼굴을 하고 딱 한 마디뿐이었다.

"그래……."

그 뒤, 어머니와 면담을 한 선생님은 그날 당장 우리 집으로 책 한 권을 보내 주었다. 편지지 몇 장에 단숨에 써 내려간 편지와 함께.

"이 아이의 앞일을 생각해서 이 아이의 소질을 키워 주고, 이 아이를 인정해 줄 수 있는 학교에 진학하기를 바라고 있습니다."

책은 교사용 중학교 수험 정보서였는데, 거기에 실린 각 학교의 특색이 소상히 적혀 있었다. 그리고 거기에 실린 학교는 이른바, 합격하기가 '하늘에서 별 따기 만큼이나' 어렵다고 알려진 학교들뿐이었다.

'내'가 처음으로 외부 진학=중학교 입시를 의식한 순간이
었다.

'이제 바깥세상으로 나간다.'

그렇게 생각하자 마음이 들뜨기 시작했다.

6학년.

내부 진학은 하지 않는다.

이것만 결정하고, 나는 6학년이 되었다.

제 4 화

　목표를 갖는 것. 희망을 갖는 것. 나는 이런 것에 혐오감이
있었다.

　하지만 결국은 하루하루를 거짓으로 보내고 있는 현실이
더 싫어서 미칠 것 같았다. 모든 것이 흐지부지한 상태였다.
나의 세계는 회색이었고, 나의 주변은 아무것도 바뀌지 않
았다. 학교도, 그리고 '어른', '그 애들'. 그 모두가 그때 이후
로 무엇 하나 바뀌지 않고 있었다. 나 혼자만 현실을 보고
있었다. 홀로 남겨진 나는, 심리적 속박에서 벗어나지 못하
고 있었다.

　그래서 결정한 것.

　흑과 백을 구분하고 싶었다…….

　백이든 흑이든 좋았다. 둘 중 하나, 확고한 나의 현실이 필

요했다. 회색. 그것은 모든 것이 애매하게 뒤섞인 영락한 몰골의 빛깔. 나는 더는 회색인 채 살아갈 수 없었다.

내 안에서 계속 맴돌던 바람이 있었다. 뭐든 좋으니 내 안에 집어넣은 것 가운데 하나라도 결실이 맺히기를 간절히 바라고 있었다. 그런 시기였다.

벚꽃이 피었다.

따뜻한 일요일이었다.

아버지와 나는 둘이서 외출했다. 봄바람에 이끌려 아버지가 대뜸 내게 말을 건넸다.

"드라이브 나갈까?"

그리고 아버지는 뜬금없이, 꽃구경이라도 하자며 차를 몰았다. 달리는 차 안에서 불쑥 그 장면이 떠올랐다.

그날, 그곳, 그때의 장면.

머리가 아팠다. 구역질도 났다.

그럼에도. 별안간. 강렬하게. 내 안에서 용솟음치는 것이 있었다.

그 '때'가 온 것이다.

나는 진지하게 아버지에게 가고 싶은 곳을 말했다.

"아빠. 저, 거기에 핀 벚꽃이 보고 싶어요."

아버지는 잠자코 고개를 끄덕였다.

나와 아버지가 간 곳은 언덕 위에 있는 학교였다.

거기는 들어가기가 하늘의 별 따기만큼이나 어렵다는 중학교…….

'앞으로 누구도 합격하지 못하는 학교에 들어가 주겠어. 내가 정상에 올라가 주지.'

지금까지 어떤 힘든 일도 헤쳐 왔다. 그렇다, 지금에 이르기까지.

그보다 더 힘든 일이 또 있을까.

억누를 수 없을 정도로 승리와 패배에 집착하는 마음이 불쑥불쑥 올라왔다.

번잡한 거리를 빠져나가자 한적한 주택가에 '그곳'이 있었다. 나는 차에서 내려, 교문 정면 앞에 서 보았다. 아무도 없었다. 굳게 잠긴 교문 앞에서는 벚나무가 보이지 않았다. 다시 교문 앞에 서서 눈을 감았다. 조금 전에 떠올랐던 그 장면은 더는 보이지 않았다.

그때. 위잉, 소리가 나고 벚꽃 잎이 커다란 원을 그리며 높이높이 날아올랐다. 강한 남풍이 내 등을 떠밀고는 교문 안으로 빠져나갔다. 부드럽고 힘찬 바람. 그 바람이 내 머리를 쓰다듬고 내 등을 떠밀었다. 그렇게 느껴졌다.

"아빠, 저는 이 학교에 들어가기로 마음먹었어요."

"그래."

봄날의 드라이브.

나와 아버지는 흩날리는 꽃보라 속에서 말없이, 똑바로 앞을 보고 서 있었다.

'누가 꿈 같은 걸 꿀 것 같아! 누가 이상 따위 말할 것 같냐고!'

'내일을 붙잡으러 가겠어.'

남자들끼리 다짐한, 무언의 맹세였다.

승리하느냐 패배하느냐. 결과는 하나였다. 나는 승리를 위해 모호함을 던져 버렸다.

내가 틀린 건가. 아니면 내가 옳은 건가……. 온통 거짓투성이 세상에서 허덕이던 나는 그때 처음으로 '진실'을 향해서 돌아섰다. 내가 옳다면 승리할 것이다. 그리고 모두에게 반드시 승리한 모습을 보여 주리라고 다짐했다.

졸업이 다가오고 있었다…….

둥지를 떠나기 위한 최선의 계획을 세워야 했다.

내가 되찾고 싶었던 것은 최소한의 배울 권리, 그리고 구 깃구깃 구겨진 나의 인격과 내가 '있을 곳'이었다.

'타인을 위한 나'의 세계에서 힘차게 날아오르리라 마음먹었다.

6학년 봄, 교장 선생님이 바뀌었다. 그렇다고 변한 것은 아무것도 없었고, 막연히 시간만 흘러갔다. 여전히 신발과 물건이 없어졌지만 평온함은 유지되고 있었다.

담임선생님은 약속을 지켰다. 나를 보내는 그날까지, 그 여선생님은 나의 '안전'을 책임져 주었다.

주변 아이들은 모두 몸과 마음이 더불어 진급했다. 하지만 스스로의 성장에 당혹스러워하는 모습도 종종 볼 수 있었다. 초등학생으로서 지낼 수 있는 시간은 앞으로 몇 개월…….

모두들 하루 일정이 갑자기 빡빡해졌다. 학교 이외의 곳에서 시간과 체력을 쏟는 아이들이 늘어났고, 또 어떤 아이는 뜻밖에 시간을 어떻게 써야 할지 몰라 초조해하기 시작했다. 그 초조함의 배출구……. 다툼은 나날이 격렬해졌다.

'그 상대가 나만 아니면 괜찮은 건가? 괜찮은 거냐고? 그

래서……. 상황이 왜 이렇게 돼 버린 걸까.'

학교 입시를 앞두고 내 주변 아이들은 평정심을 잃어 가고 있었다.

'나'는 입시가 갖는 의미 따위, 모르고 있었다…….

봄이 거의 지나갈 무렵, 나는 어머니 아버지와 담임선생님과 함께 교장실에서 5자 면담을 했다. 그때 우리 가족은 내부 진학을 거절했다. 새로 온 교장 선생님은 나에게 몇 가지 질문을 했다.

"자신의 성격을 어떻게 생각하나요?"

나는 "뒤틀려 있다고 생각합니다."라고 대답했다. 내 대답에 담임선생님과 부모님은 웃음을 터뜨렸다. 아버지는 외부 진학을 결정한 이유를 이렇게 설명했다.

"이 아이가 진심으로 하고 싶은 것을 찾게 해 주고 싶습니다."

아버지가 말을 마치자, 우리 가족은 이유는 모르지만 웃고 있었다.

여름 내내 가슴속이 들썩들썩했다.

그토록 안절부절못했던 데에는 다 이유가 있었다. 여전히, 이따금 그 꿈을 꾸곤 했다. 장면을 오려 낸 것처럼, 갑자기 '그때'로 되돌려지는 순간이 종종 있었다. 그때마다 나는 셔츠를 꼭 움켜쥔 채로 가슴을 세게 북북 문질렀다. 그리고 압박해 오는 잔상에 단번에 나가떨어졌다……. 고통에서 도망칠 수가 없었다.

하지만 그럼에도 나는 애써 '그때'를 의식하며 살았다. 오랫동안 계속됐던 그 시간을. 아무 보람도 없었고, 무의미했던 그 시간을 만회하려는 듯이……. 거기에 노력을 집중한 탓에 다른 것에서는 아무런 성과도 내지 못했지만…….

아무튼, 앞으로 나아가기 위해, 그리고 조금이라도 편안해지기 위해 노력하는 과정에서 깨달은 것도 있었다.

아버지도 그랬고, 어머니도 완전히 무너졌다. 어머니가 나를 끌어안고 내 아픔에 바짝 붙어 있어 준 것처럼, 현관에서 할머니가 어머니를 안고 있는 광경을 나는 보았다.

어머니는 여름에 림프샘 수술을 받았다. 최악이었던 지난해 여름, 과로로 쓰러진 뒤로 피로하거나 감기에 걸리면 세균이 림프샘을 따라 어깻죽지에 쌓였다. 그런데도…….

어머니는 웃었다. 언제나 크게 웃었다…….

"집에 오고 싶어서, 한 번만 봐 달라고 했지. 아프면 꼭 다시 가겠다고 약속하고 집에 와 버렸어."

수술 뒤, 입원도 하지 않은 채 어깨에 거창하게 X자로 붕대를 감고 돌아온 어머니. 싱글벙글 웃으며 집안일을 하는 아버지에게 웃는 얼굴로 이것저것 주문하며 "나 꼭 왕비 같네." 하고 웃던 어머니. 얼마나 아팠을까…….

그것이 내게는 큰 사건이었다. 대단한 사람이었다, 우리 어머니는. 어머니는 늘 밝게 행동했고 잠든 얼굴마저 웃고 있었다.

"건강하게 살다 보면 반드시 좋은 일이 있을 거야. 속상하고 힘든 일보다 기쁜 일이 훨씬 더 많을 거야."

나는 아무 대꾸도 할 수 없었다. 온몸에 소름이 돋고, 기분이 아주 이상했지만 어머니의 그 말은 나에게 감동을 주었다. 나를 꽁꽁 묶고 있던 악령이 맥없이 사그라지는 것 같았다. 여태껏 인간의 나약함만 새겨 온 나의 눈에 아주 또렷이 새겨진 인간의 '강인함'이었다.

'너'는 6학년 1년 동안을 아주 소중하게 보냈다.

우선 가고 싶은 학교를 찾았다. 게다가 그곳을 향해 가기 위해서, 학교가 아닌 곳에서 운명적인 스승을 만났다.

그 새로운 무게는 '네'가 재출발하기에 충분했다. (새로운 스승은 '네'가 재출발하는 데 충분히 무게감이 있는 존재였다.)

내가 지망한 학교는 단 한 곳.

때는 벌써 10월이었다.

그때까지도 입시를 위해 특별히 준비하고 있는 것은 없었다. 무엇을 해야 하는 지도 모르고 있었으니까. 앞뒤 돌아보지 않고 오로지 달려가기만 했다. 다른 것을 생각할 여유를 만들지 않았다.

이 농밀한 2백하고도 며칠 동안.

나에게는 운명적이었던, 마음의 스승을 만났다.

그를 만난 덕분에, 나는 망설임 없이 앞만 바라보고 살 수 있었다.

스승은 확실히 엄한 사람이었다. 섣불리 입으로만 칭찬해 주지 않았다. 나 역시 승리하는 그날이 올 때까지, 절대로 생각을 굽히지 않았다. 그는 언제나, 내가 어디를 보고 있는

지 꿰뚫어 봤다. 그리고 나의 시선이 머무는 곳을 계속 함께 봐 주었다.

언제나 아무것도 먼저 묻지 않았다. 나를 병자 취급하지 않은 첫 '어른'이었다. '나'의 마음을 강하게, 계속 노크해 준 사람이었다.

"노력하는 건, 지질한 게 아니란다. 꿈을 갖는 건, 부끄러운 일이 아니란다."

가을이 끝나 갈 무렵, 나의 아주 작은 소망이 흔들렸다.

내가 그린 판타지 전쟁 그림이 최우수상으로 뽑혔다는 소식이 날아들었던 날이다.

쉬는 시간이었다. 교무실로 통하는 계단에 다다랐을 때, '탕' 하는 강한 소리와 동시에 내 몸은 넓은 층계참으로 내동댕이쳐졌다. 내 등에는 손바닥의 감촉이 또렷이 남아 있었다.

순간 멍청히 있다가 곧바로 위를 보았다. 아무도 없는 4층 계단. 타다다닷 뛰어가는 발소리에 겹쳐 들린 목소리.

"죽어 버렸으면 좋았을걸. 네까짓 게 시험에 붙을 거 같나!"

이때, 커다랗게 시퍼런 멍이 든 내 다리를 보고 아직 끝나지 않았음을 깨달았다. 그 이튿날부터 없어서는 안 되는 물건이 없어지는 일이 잦아졌다. 나는 평정을 가장한 채, '난 괜찮아.'라고 계속 되뇌었다.

"꿈 따위 꿀 것 같아! 이상 따위……."

요란한 시상식, 오케스트라의 연주가 울려 퍼지는 무대에서 나에게 상을 안겨 준 그 그림은 바로 내 마음의 표현이었다.

그것은 커다란 소용돌이 한복판에서 무사들이 싸우는 그림이었다.

붐비는 인파.

사람이 극단적으로 많아지는 장소. 사람들이 주위를 둘러싸는 장소. 그런 곳에 공포가 있었다. 나에게는 스트레스 장애가 남아 있었다.

그 증상은 온통 낯선 사람뿐인 곳에서도 나타났다. 그리고 그날 떠올랐던 그 장면이 겹쳐지는 일이 잦아졌다. 불안했다.

연말에 할머니와 함께 갔던 신사의 축제. 모의고사장. 설

날에 소원을 빌러 간 신사. 그리고 전철 안에서도.

불쑥불쑥 떠오르는 그 장면. 딱히 원인인 것도 아니었다. 그저 아무 예고도 없이 불쑥 찾아왔다.

그럴 때면 두통이 동반되었고, 귓속에서 웅웅 울어 대는 바람 때문에 외부의 소리가 들리지 않았다. 구역질이 나고, 배가 아프고…… 나는 옴짝달싹 못한 채 겁에 질려 있곤 했다. 도망칠 곳이 없었다. 눈앞에 그때가 어른거렸다. 두려웠다. 입학시험을 볼 때, 그런 증상이 나타난다면…….

입학시험을 며칠 앞둔 어느 날 저녁, 어머니는 나에게 최신 음악 플레이어를 주었다. 100곡은 넉넉히 들어갈 만한, 샤프심 케이스 크기의 MP3였다.

어머니는 저녁을 준비하면서 돌아보지도 않은 채 "시험 보러 갈 때 들을래?"라고 말하더니 양배추를 썰던 손을 멈추고, 돈가스 튀김 가루가 묻은 손으로 생각난 듯이 MP3를 획 건네주었다.

이어폰을 귀에 꽂고 단추를 누르자 바로 음악이 흘러나왔다.

노래를 들은 순간, 나는 깜짝 놀라고 말았다.

화살표 두 개가 표시된 단추를 눌렀다. 몇 번이고 다시 눌렀다.

어디에서 어떻게 들어도 "지금까지의 너의 삶은 헛되지 않았어. 반드시 보상받을 거야."라는 메시지. 온통 그런 메시지가 담긴 노래. 그런 노래가 MP3 안에 잔뜩 들어 있었다.

우리 집에서는 그 당시 유행하는 노래를 들은 적이 없었다.

'겁쟁이'라는 4인조 밴드.

꺽다리와 땅딸보 2인조.

캘리포니아 출신, 허스키한 목소리의 R&B가수.

거리의 가수에서 인기 가수가 된 시큼한 이름의 두 사람.

양성애자임을 고백한 가수.

투병 중에 사고로 죽은 가수.

그리고 또, 그리고 또……. 용케도 이렇게…….

나는 시사 문제를 검색한다고 핑계 대고 어머니의 컴퓨터를 살펴보았다.

MP3를 전송한 파일에는 노래만 100곡이나 담겨 있었다. 파일을 읽은 날짜는 어제와 오늘. 그것도 심야에서 새벽 사이. 어머니의 방 책상에는 대여점과 도서관에서 빌린 CD가

잔뜩 쌓여 있었다.

다음 날부터, 나는 잠자기 직전까지 이어폰을 귀에 꽂고 그 노래들을 들었다. 전철 안에서는 동생과 이어폰을 하나씩 나눠 끼고 같이 들었다.

이미지가 풍부해지고, 확고하게 동기부여가 되자 붐비는 인파에 대한 공포를 대비할 수 있었다.

결전의 날.

조용한 아침이었다. 아버지는 나를 위해서 회사에 휴가를 냈다.

동생은 감기에 걸려 열이 나는데도 체온을 재지 않으려고 떼를 썼다. 어머니와 여러 번 실랑이를 벌이던 동생은 "괜찮단 말이야!"라고 소리치며 체온계를 내던져서 디지털 액정을 망가뜨리고 말았다. 그러고는 학교에 가겠다면서 서둘러 아침밥을 먹고 교복으로 갈아입었다.

동생과 실랑이를 벌이던 어머니가 나를 재촉했다.

"어머. 6시 반에는 출발해야 돼."

아버지는 나를 전철에 태워 보내지 않기 위해 일부러 휴가를 냈다. 그것은 나도 알고 있었다.

나는 잠깐 생각하고 말했다.

"아빠. 동생을 학교에 데려다 주세요. 저는 엄마랑 전철로 갈게요. 언덕을 힘차게 걸어 올라가면, 시험을 잘 볼 수 있을 것 같아요."

아버지는 드물게 몇 번이나 "정말 괜찮겠니?"라고 물었다.

"오늘을 위해서 준비해 왔잖아요. 이 아들을 믿으세요. 엄마, 전철로 가면 7시에 나가도 되죠?"

"동생아. 이 오빠가 승리하고 올게. 아자!"

아버지는 나를 위해 휴가까지 냈지만, 마지못해 동생을 데려다 주기 위해 집을 나섰다.

역에 들어가자, 낯익은 사람이 무슨 일인지 양복에 넥타이 차림으로 개찰구 안에 서 있었다. 10개월 동안 나를 지지해 준 은사였다.

그때, 그가 무슨 말을 했는지, 그건 전혀 기억나지 않는다. 다만, 어리둥절해하는 나에게 딱 몇 마디만 하고는 내 등을 세게 밀어 줬던 것은 기억한다.

그때.

찰칵, 하고 머릿속에서 셔터 소리가 났다.

어……?

여긴 어디지?

오른쪽에서 왼쪽을 향해 걸어갔다. 밝았다.

돌아보지 않았다. 이어폰을 그대로 귀에 꽂은 채, 전철 안 손잡이를 잡고 40분. 맑디맑은 머리로 눈을 감았다. 목적지 바로 전 역에서 어머니가 내 어깨를 쿡쿡 찔렀다. 눈을 떠 보니 어머니가 웃고 있었다.

"자면 어쩌나 싶었지."

눈을 깜빡여 보았다. 또 셔터 소리가 났다.

어!

아니다.

뭐야.

저녁인가?

전철에서 내려 지상으로 나왔다. 귓속에서는 여전히 소리가 흐르고 있었다. 나는 길을 걸으며 바람을 찾아봤다.

학교에 도착했다. 교문을 마주 보고 선 채 귀에서 이어폰을 뺐다. 그리고 눈을 감았다.

바람.

바람이 불어왔다.

"엄마. 오늘 오후에 하늘이 맑으면, 나는 잘될 거야."

그렇게 말하고, 당장 눈이라도 뿌릴 듯 잔뜩 찌푸린 하늘을 올려다보았다.

그렇다. 맑으면.

어머니도 고사장에 도착할 때까지 이러쿵저러쿵 말하지 않았다. 빙그레 웃으며 내 몸을 빙글 돌리더니 양어깨를 철썩 때리고는 힘껏 등을 밀어 주었다. 나는 돌아보지 않고 그대로 앞으로 걸어갔다.

입학시험이 시작됐다.

나는 시험에 몰두했다. 하지만 왠지 이상하게 한기가 들었다.

이게, 어떻게 된 거지? 2교시, 3교시······.

마침내 알아차렸다.

이건······. 이건······.

하도 놀라서 체온까지 뚝 떨어졌다. 머리털이 쭈뼛 곤두섰다.

입시 문제.

'전부 지금까지 읽어 온 책 속에 있는 내용뿐이야……'

나는 도피처 삼아 입시에 몰두했던 건데, 입시 문제가 죄다 그때 꾸준히 탐구했던 것들과 고통스러운 시기에 읽었던 책들로 채워져 있었다.

'뭐야, 이 학교……'

고사장에 들고 간 도시락 가방 안에는 벚꽃 맛 초콜릿이 잔뜩 들어 있었다.

보온 도시락에는 어디서 구했는지 이 학교의 마크가 장식된 비프스튜가 아직도 따끈따끈한 채 들어 있었다.

따뜻했다.

그리고 시험이 끝났다.

천 명이나 되는 아이들은 담당자의 안내에 따라 순서대로 밖으로 나왔다. 교사를 나와 학부모 대기 장소로 향하는 도중, 내가 햇살을 받고 있다는 것을 알아차렸다.

'앗, 바로 이거야!'

주위에서는 수많은 수험생과 학부모들이 시험을 무사히 마친 기쁨을 나누고 있었다.

어머니는 대기실 맨 끝 쪽에서 팔짝팔짝 뛰며 이쪽이쪽, 하고 손짓하며 나를 불렀다.

"엄마, 어떡해요."

"괜찮아. 만일 안 붙여 주면 그런 학교엔 널 보내지 않을 테니까."

"무슨 말이에요. 붙여 주지 않으면 당연히 못 가는 거죠."

"날이 맑게 갰구나."

"엄마, 저한테 저녁 햇살이 비쳤죠?"

"그래. 햇살을 받고 걸어오는 모습이 꼭 개선장군 같더라."

"에이, 개선장군이 뭐예요. 엄마, 저 지금, 오른쪽에서 왼쪽으로 돌아 나왔죠?"

"똑바로 나왔잖아?"

"여기서 보면, 저기서 왼쪽으로 돌아 나오는 것처럼 보였냐고 묻는 거예요."

"그래, 그렇게 나왔지."

"엄마, 어떡해요! 저, 붙었어요."

"난 또 뭐라고. 그 말이었어?"

"안 놀라요?"

"붙으러 온 건데 뭐."

어머니는 웃으며 내 손을 잡았다.

아버지가 차로 데리러 와 주었다. 차 안에는 아직도 열이 나는 동생이 누워 있었다. 동생은 집에 도착하자 그제야 안심하고 자리에 누웠다. 나는 누워 있는 동생의 얼굴을 한동안 바라보고 있었다.

나이도 어린데, 정말로 눈치 빠른 녀석이었다.

자리에 누운 동생은 시뻘게진 얼굴로 웃고 있었다.

중학교 입시 공부는 나에게 유일한 몰두의 대상…… 아니, '도피처'였다. 게다가 계획은 딴 생각이 들지 않도록 온통 탐구 학습으로만 짜 놓았던 것이다.

아침에 일어나자, 전날 밤부터 내리기 시작한 눈이 소복이 쌓여 있었다. 아침부터 몹시 추웠다.

눈 내린 날은 아주 조용하다.

이틀 동안 앓아누워 있던 동생은 그제야 열이 떨어지기 시작했다.

중학교 측은 합격자 발표를 앞당겨 주었다.

'오늘은 저녁 햇살을 볼 수 없겠어.'

역시 긴장됐다.

교문 앞에는 사람들이 몰려 있어서 정면을 보고 서 있을 수가 없었다. 합격과 불합격, 어느 한쪽의 결과를 가슴에 담은 채 교문을 나오는 가족이 몇 무리나 있었다.

결과는 내 눈으로 직접 확인하기로 했다.

합격자 이름이 빼곡히 적힌 게시판 앞으로 갔다. 지금까지 걸어왔던 길을 하나하나 돌이켜 본다⋯⋯. 하지만 그럴 틈도 없이 곧장 내 수험 번호가 눈 안으로 뛰어들어 왔다.

어머니는 실눈을 뜨고 쭈뼛쭈뼛 한 자리 수부터 천천히 찾고 있었다.

"엄마."

"왜? 지금 바빠."

"있어요."

"거짓말 마."

"거짓말이라니요. 봐요, 셋째 줄 한가운데."

어머니의 얼굴을 보니 눈물이 주르륵 흘렀다.

다음 순간, 어머니는 게시판 앞 한복판에 선 채 소리 높여 울었다. 어머니가 그렇게 우는 모습은 여태껏 본 적이 없었다. 주위에 있는 다른 가족들 중에도 우는 사람은 있었다.

다만, 우는 스케일이 달랐다. 어머니는 어린아이처럼 엉엉 소리 내어 울었다. 그리고 어머니는 울음을 그치지 못한 채로 합격자 수속을 밟았다.

나중에 달려온 아버지도 감정이 복받쳐 울음을 터뜨렸다.

나는 울지 않았다. 기쁨에 앞서 느낀 것은 안도감이었다.

눈 내린 몹시 추운 날. 그날은 언제까지나 콧날이 찡했다.

나에게는 길고 무거웠던, 그러나 그리 길지 않았던 시간의 끝을 맞았다.

졸업식.

'너'에게는 시간이 부족했다.

지독히도 길었던 시간이 속삭였다.

생각해야 할 것이 너무 많아서 혼란스러웠다. 슬프지는 않았다.

음향 상태가 좋지 않다는 이유로 마이크 없이 진행된, 제대로 준비되지 않은 졸업식은 완전히 흥이 깨진 상태였다.

잊고 싶었던 기억 저 깊은 곳에서 외로움이며 무의미했던 감정들이 잇따라 올라왔다.

내 차례가 되어 단상에 올라갔다. 졸업증서를 받은 '나'는 인사도 하지 않고 단을 내려왔다. 눈앞에 나란히 앉아 있는 '어른'들. 한 사람 한 사람의 얼굴을 똑바로 바라보고는 내 자리로 돌아갔다. 내 눈을 마주 본 사람은 아무도 없었다.

나의 소중한 소년 시절은 그렇게 맥없이 끝나 버렸다.

마지막이 돼서야 올라온 감당할 수 없을 정도의 생각들. 무수한 상처를 받으며 되풀이된 간절한 대화.

정체를 알 수 없는 분노가 끓어올랐다.

'남김없이 모조리, 여기에 두고 가자.'

뻔뻔스럽게 눈물을 흘린 녀석.

웬일인지 끈질기게 내 연락처를 거듭거듭 묻는 여자애.

"언제든지 돌아오너라."라는 선생님의 말.

내가 벗어나지 못했던 과거. 무책임한 '어른의 말'.

되풀이된 갈등은 파도가 되었다. 갖은 고생을 해서 만든 둥지를, 안간힘을 다해 만든 모래성을, 파도가 덮쳐서 흔적도 없이 앗아 갔다. 그때마다 모든 것을 처음부터 다시 만들어야 하는 막연한 상실의 외로움을 맛보아야 했다.

회색의 시야는 제 빛깔을 찾지 못했다. 억울함과 분노는 뻣뻣이 굳어 버렸고, 나의 마음은 공중에 둥둥 떠 있었다. 결국, 나는 해결에도 화해에도 이르지 못했다.

모든 걸, 모든 걸 '그곳'에 두고 갈 수 있었다면 얼마나 좋았을까.

그리고…….

'나'는 중학생이 되었다.

제 5 화

초등학생으로 보낸 6년이란 시간, 돌아보면 그 시간이 매끄럽게 이어지지 않는다.

사람의 아픔과 마음에 대해 생각하며 허비했던 기나긴 시간. 그 시간들을 거쳐 마침내, 여기까지 왔다.

'나'에게는 하고 싶은 일이 있었다. '그' 이후로 매끄럽게 말을 하지 못했다. 사람들과 이야기하는 것이 꺼려졌다. 그래서 전달 능력을 키우기 위해 종이에 쓰는 말을 배웠다. 누구에게도 방해받지 않고, 알고 싶은 것을 끝까지 찾아낼 수 있는 장소를 원했다. 아무도 '나'를 모르는 곳에서, 할 수 없었던 것이 아닌 할 수 있었던 것만을 열거해 나가기로 했다. 그것을 할 수 있는 존재가 바로 어린아이였다. 그것은 몸부림치던 '나'와 '너'의 괴로움이 뒤범벅된 작지만 커다란 바람이었다.

입학식.

세차게 몰아치는 바람과 쏟아지는 비.

우리의 출발은 회색이었다.

하지만 폭풍우는 강하고 부드럽게 우리를 맞아 주었다.

시야는 회색으로 정지되어 있었다.

교문 앞에 멈춰 선 사람이 거의 없어서, 나는 우산을 접고 조용히 학교를 마주 보고 섰다.

나에게 들러붙은 것들을, 이제부터 시간을 들여 서서히 벗겨 내기 위한 서장(序章)처럼 비와 바람은 나를 향해 사정없이 몰아쳤다.

우리는 입시 당일의 컨디션, 단지 그것 하나로 선택된 천 명 중의 3백 명이었다. 그날 하루, 단지 하루의 절반이란 시간에 집중한 결과 우리는 이 학교에 오게 된 것이다.

폭풍우가 몰아치는 속에서 우리를 맞아 준 네모난 회색 콘크리트 덩어리.

그러나 어김없이 신록은 움트고 있었다.

여기에는 답답한 예배는 없었다.

나는 여기의 '어른'과는 마음이 맞았다.

내가 알고 싶어 하는 것. '어른'은 그것이 무엇인지 말해 주기를 기다리고 있었고, 내가 원하면 끝까지 나의 도전에 함께해 주었다. 그런 '어른'이 정말로 있었다.

중학생이 된 이후로, 나는 누가 몰아붙이기라도 하는 듯 이것저것 닥치는 대로 해 보았다. 말에 대해서 더 알고 싶었다. 그리고 사람을 더 알고 싶고, 생물의 내면을 알고 싶어서 계속 논문을 써 나갔다.

그 계기를 마련해 준 대회가 하나 있었다.

말을 전하는 것. 그것은 내가 할 수 있는 최선이었다.

나의 말로, 내가 알고 있는 것을 전할 수 있는 대회. 그런 대회는 단 하나뿐이었다.

모든 것은 여기에서 시작됐다.

열다섯 살.

내 이름이 전국적으로 알려졌다. 까만색 취재 차량이 학교에 와서 내 사진을 수도 없이 찍어 갔다. 내 기사가 실린 신문은 학교를 뒤흔들어 놓았고, 칭찬의 폭풍이 일게 했다.

내 주위는 한때.

얄팍한 친절함이 떠다녔다. 거짓 냄새 폴폴 나는 "너는 정말 훌륭해."란 말. 주위의 '어른'들은 나를 에워싸고 무슨 주문처럼 그 말을 되풀이했다.

나는 칭찬 받을 때마다 몸서리를 쳤다. 무엇이 나를 그렇게 만들었는지는 오랜 시간이 지난 뒤에도 알 수 없었다. 다만, '과장되게 칭찬 받는 것'에 알레르기 반응이 일어나는 것만은 분명했다.

내가 알 수 있는 건 그것 하나뿐이었다.

나는 신문이 아니었다.

상장도, 그 모든 성과도 내 자신이 아니었다.

내 주위 사람들은 나의 무엇을 보고 나를 칭찬하고, 미워하고, 소외시키고, 버렸는가.

나를 발견하고, 내 말을 발견하고, 내가 있을 곳을…….

몇 번을 계속 도전한 대회가 있었다.

그러나 그 결과는 "제길!"로 가득 찼다.

내가 있을 곳을 찾아서, 나의 말을 찾아서 갈 수만 있다면 완전히 어긋나는 일은 없을 터.

뿔뿔이 흩어진 시간을 한데 묶어 놓듯이…….

혹시 학교 공부에 따라가지 못한다 해도 나의 말은 남을 것이다, 틀림없이.

나는 거기에서는 살 길을 찾을 수 있지 않을까…….

내몰리는 대로 들어간, 앞이 보이지 않는 10대의 입구 언저리에서 나는 그런 생각들을 했는지도 모른다.

고통스러웠지만, 발버둥 치면서 포기하지 않고 계속 도전했다. 즐거움 따위 눈곱만큼도 없었다.

폭풍 같은 칭찬을 받은 이후로 몇 년…….

'너'의 말을 계속 주워 준 사람은, 분명히, 있었다. 커다란 반응은 보여 주지 않았지만. 이미 과장되고 경박한 칭찬이 사라진 뒤에도.

거기에는 나의 말을, 발견해 준, 그 얼굴도 모르는 어른이 있었다. 그 어른은 내가 살았던 작고 좁은 세계를. 그리고 끝없이 이어지는, 길고도 짧은 시간 속에 있었던 나의, 말을 받아들여 주었다.

그래서 언젠가는 그때의 내 말을 주워 준 사람의 얼굴을 보고 싶다.

그 사람은, 틀림없이, 다른 '어른'일 것이다. 나의 말을 받아들여 준 사람들은…….

그런 생각을 하며 지어 온 말이 있다.

'너'의 말은, 역시 다다를 것이다.

'너의 가까운 장래로, 나'는 너를 데려갔다.

불과 몇 년 뒤에, '너'는 '너'의 말을 그대로 간직한 채, 그때의 말을 주워 준 사람과 나를 만나게 해 주었다.

그날의 '너'의 생각, 지금을 살아가는 '나'의 목소리가 한 권의 책 귀퉁이에 소중히 간직되어 있다.

그리고 얄팍한 칭찬이 아닌 하나의 '가치'에 대해 높은 평가를 받았다. 내가 살아오면서 해 왔던 생각과 말을, 진지하게 받아들여 준 어른을 만난 것이다. 내가 칭찬을 듣고 몸서리치지 않은 건 처음이었다.

말의 무게.

그리고 내 생각에, 말에 반응해 주는 대회.

그런 대회가 딱 하나 있었다.

시간은 어김없이 흘러갔다. 시간은 아무리 많아도 부족한 법. 이따금 몸이 나를 불러 세운다. 아직 한계는 보이지 않는다. 그리고 천장도 보이지 않는다. 나에게는 알고 싶은 진실, 그리고 전하고 싶은 것이 있다.

"왜 그렇게 발버둥 치는 거지?"

점심시간. 점심을 먹고 난 뒤 복도에서, 이제야 알아차렸지만, 언제나 나와 함께 있는 녀석이 내게 말했다.

"또 표창장이야? 졌다. 이제 곧 신문사 아저씨가 '또 너냐?' 그렇겠군."

이번에는 180센티미터가 웃었다. 나도 웃었다.

발버둥 치는 거 아냐. 그냥 '살아가고 있는' 거야. 나는 아직 '나'를 찾고 있다. 그리고 '너'에게 건넬 말도. 여전히 찾고 있다.

녀석들은 아무것도 묻지 않는다.

'아픔'을 아는 사람만이 느낄 수 있는, 주저하는 듯한, 조용히 보내 오는 따뜻한 시선. 무심코 그것이 '친절함'인가 생각하기도 한다.

중학교에 들어온 뒤로, 어느새 함께 있게 된 녀석들이 세 명 있다.

반도, 동아리도, 사는 곳도 전혀 다르다.

하지만 늘 함께 있다.

눈물이 날 정도로, 내가 상을 받는 것을 진심으로 기뻐해 주며 호들갑을 떠는 녀석들.

어쩐지 쌉쌀하고, 몹시 서툴게, 에둘러 칭찬해 주니 쑥스럽지 않았다.

게다가 시상식 때 입을, 평소에는 착용할 일 없는 학년 배지도 찾아서 교복에 달아 주었다. 그런 녀석들이다.

말 한마디 하지 않고도 '너 좋아'라고 표현할 수 있는, 손재주가 좋고 착하고 성실한 녀석들.

'나'는, 아직 '너'를 뛰어넘지는 못한다. 하지만 '나'의 일부인 '너'는 더는 '나'를 괴롭히지는 않는다.

'네'가 전철을 타고 가는 20분 내내 울었던 그 시간으로부터 이제 곧 5년이 된다.

'나'는 요즘, 네가 힘들어했던 시간의 곱절인 40분 동안 매일 전철을 타고 다닌다. 그동안 생각을 하고, 역에서 내리면 언덕을 올라간다. 그리고 '네'가 그린 '내일'을, '나'의 '지금'을 살아가고 있다.

'네'가 미래의 꿈을 찾지 못해 두려워했던 그 이후로, '내'가 살기 위해 온몸으로 몸부림치리라고 누가 상상이나 했을까.

'나'는 '너'에게 꼭 해 줄 말이 있다.

'너'의 손에 생긴 뒤로 4년 동안, '나'의 오른손에서 서서히 커 나간, '뼈가 튀어나온 것처럼 보이는 종기'는 이미 연필을 잡을 수 없을 정도로까지 부어올라서 올해 수술로 제거했다. 너의 눈물을 쪽쪽 빨아먹고 자란 그 덩어리는 뼈와 신경이 한데 뒤엉켜 크게 부풀어 올랐다.

'우리'를 괴롭힌 그 녀석은 싱거울 정도로 조그맣게 깎여진 채 도려내졌다. 퇴원할 때, 기념으로 받아 온 종기 덩어리는 여름방학을 지나는 동안 조그맣게 오므라들었다.

이제 '내' 키는 어머니를 넘어섰다. 머지않아 분명히 아버지도 넘어설 것이다. 아프고, 괴롭고, 좋은 일이라곤 눈곱만큼도 없었던 조그만 폐. 구멍이 숭숭 뚫린 '너'의 폐로, 악단에서 트롬본을 불 거라고 그때 누가 상상이나 했을까.

나는 온통 처음 투성이의 현실을 세어 보기 시작했다. 숙박 행사, 달리기, 웃는 얼굴……

어릴 때 너무 울었던 탓인지, 완성을 앞둔 목소리는 저음이다.

우울로 가득 찼던 도시락……

어머니는 벌써 10년 넘게 계속 도시락을 싸고 있다. 지금도 어머니는 변함없이 아침 일찍 일어나 짓궂은 장난이라도 치는 얼굴로 아침마다 도시락을 싸고 있다.

문득, 멈춰 섰다.

계속 피해 다니던 육교.

잠시, 밑에서 올려다보았다.

나를 부르는 뭔가에 이끌려 그 이후 처음으로 그 육교로 올라갔다.

나는 천천히 트롬본을 발밑에 내려놓고 '그곳'에 똑바로 서 보았다. 골조뿐이었던 빌딩은 이제 없었다. 거기에는 따뜻하게 불 밝힌 근사한 아파트가 자리 잡고 있었다. 역 앞은 고층 아파트가 우뚝우뚝 서 있었다.

육교에는 엘리베이터가 설치되었고, 당시 네 방향으로 뻗어 있었던 길은 이제 세 방향이 더해져 뻗어 있었다. 지금 이곳은, 단 1초도 쉬지 않고 움직이고 있다.

멀리까지 바라보이던 전망은 조금 아쉽지만 이제 사라졌다.

"에잇, 후지산이 보이지 않잖아."

골조에서 고층 아파트로 바뀐 건물을 향해 나는 펀치를 한 방 날렸다.

아득히 먼 곳이었다. 검고 흰 새 두 마리가 주먹 쥔 내 손 위로 지나갔다.

"색깔이 꼭, 펭귄 같네……."

하지만 꼬리가 긴 그 새는 처음 보는 새였다.

한 마리가 잠시 나 있는 쪽을 돌아보았다. 그러고는 방향을 틀어 내 눈앞을 쌩 하니 높이높이 날아갔다. 다른 한 마리도 그 새의 뒤를 쫓아갔다. 그리고 그 두 마리의 새는 바짝 붙어서 나란히 날아가 버렸다.

문득, 저 녀석들이 어른 새라면 좋겠다, 라고 생각했다.

그때의 '진실'이 내 안에서 작게 맴돌다가 이따금 얼굴을 내밀고는 둔하지만 예리하게 나를 찌르려고 했다.

녀석을 원망했는지, 지금은 솔직히 그것조차 알 수가 없다. 이제는, 아무래도 상관없는, 지도 모른다.

여기에 와서, 생각한 것이 있다. 지금 막, 깨달은 것이 있다.

상처 받은 사람이 있었다.

그 애…….

분명, 그 상처는 내가 준 건 아니었다.

하지만 그 애 안에서 그 상처가 그 애를 콕콕 찌른다면…….

나에게는 너무도 무거웠던 시간. 이제부터 펼쳐질 시간 속에서, 너무나 무거웠던 시간 가운데 아주 조금이라도 좋다. 그 애가 '그 애도 아프지 않았을까…….' 하고 돌아볼 때가 왔으면.

진실.

나는 모든 걸 봤어요.

정말이에요, 나는, 이 귀로, 전부 들었다고요.

여기저기 까지고, 껍질이 벗겨지고……, 나는 속수무책이었다.

작고, 연약한 몸에 내가, 새긴 것.

누군가를 미워하고 원망하더라도, 억울하다면 반드시 앞으로 나갈 힘을 찾는 게 좋다. 살아가기 위해서라면, 살아가기를 바란다면. 나에게는 그렇게 보낸 시간이 있다.

앞으로 더 힘든 일이 기다리고 있을지도 모르지만.

나는 나의 '내일'을 살아갈 것이다. 무엇이 최선인지는 아직 알 수 없다. 게다가 나의 아픈 시간은 쉽게 추억이 되지도 않을 것이다.

하지만 허비한 시간 속에서, 죽도록 미워하며 바라본 시야는 무척이나 좁았고, 하늘 빛깔까지 달라 보이게 했다. 아무리 기다려도 진실은 보이지 않았다.

그 어떤 격려나 위로의 말보다 눈앞에서 흘리는 눈물과 포옹만이 마음에 와 닿았다.

하지 않아도, 진심으로 고통스러운 마음과 시달린 마음이 외치는 소리는 전해진다는 것을 나는 깨달았다. 무엇보다도 나는, 뻔뻔스럽게 이런 부모에게서 태어나 그 누구보다도 사랑을 듬뿍 받았다. 사랑에서 오는 자신감이 사람을 바꿔 놓는지도 모르겠다.

'나'의 아픔은 '나'밖에 모른다.

'누군가'의 아픔은 '누군가'밖에 모른다.

아픔에 바짝 다가섬으로써 구원받을 수 있을지도 모른다.

사람들은 저마다 다른 아픔을 갖고 있을 것이다. 하지만 아픔을 아는 사람은 틀림없이 아픔에 다가설 수 있을 것이다. 그것은 결코 '유유상종'이 아닌, 사람이 사람인 까닭일 것이다.

타인에게 상처를 주기는 쉽다.

그런데 타인에게 다가서기는 어렵다. 그리고 타인을 용서하기도 어렵다.

나는 아직 사람을 용서할 수 없을지도 모른다. 하지만 이제는 적어도 미워하는 채로 살아가지는 않을 것이다.

이제야 마음이 편해졌다.

눈에 보이지 않는, 더럽고, 혼돈스럽고, 나약한 '어른'은 그 이후에도 여럿 보았다.

나도 언젠가는 그렇게 될까. 어린아이의 슬픈 동경을 보고도 못 본 척하는 어른이……. 아니면 알아차리지 못하고 웃는…….

그런 어른이 될까 봐 두렵다. 어른의 더러움이 싫다.

지금, 이 마음 그대로 살아가면 된다.

앞으로도 쭉 이대로 살고 싶다.

어른이 돼도, 나약한 부분은 바뀌지 않을지도 모른다. 어떻게든 그런 자신을 속이면서 잔재주와 요령 따위를 익히고, 돌변하는 방법도 익혀서, 마치 나약한 부분을 극복한 것처럼 행동하게 될지도 모른다. 하지만 약함이란 것은 없어지는 것이 아니다.

"'어른'은 자신의 약함을 극복한 존재이기 때문에 어린아이에게 조언을 해 줘야 한다."라고 누가 정해 놓았는가.

나는 수많은 속박에서 벗어나 강함과 약함에 대해 내 자신과 진지하게 맞서서 생각해 왔다. 모두들 나약함으로 인해 늘 누군가를 신경 쓰며 살고 있다. 그래서 자신을 지키기 위해서 남에게 상처를 주는 것이다.

사람은 모두 다르다. 당연하다. 똑같은 사람이 있어서 되겠는가. 그런 당연한 것을 모르는 사람이 얼마나 많을까. '모두'가 뭔데? '모두'와 똑같지 않으면 안 될 일 따위, 있을 리 없다. 그런데 자신과 다른 점이 있다는 것을 허용하지 않고 타인을 깎아내리고 상처 준다. 그것을 무리의 누군가와 함께하면 더욱 당당해져서……

우리의 세계는 해가 갈수록 커져 왔다.

아주 작았던 그 세계.

그 작은 세계에서 다 같이 웃었던 타인들. 그 타인들과의 차이를 지닌 채 우리는 어른이 되어 간다. 우리가 알아차리지 못하는 사이에 그 차이는 저절로 커 간다. 그것을 스스로 인정할 수 없을 때, 우리는…….

사람은 감당할 수 없는, 걷잡을 수 없는 아픔을 힘으로 바꾸지 않으면 살아갈 수 없다. 자신의 약함을 알아차리듯, 타인의 아픔도 알아차릴 수 있는 사람이 될 수 있기를.

나는 인간의 연약함과 나약함을 알았다. 그것이 형태만 바꾼 두려움이란 것도. 그리고 그것에 다가갈 수 있는 것은 인간의 강함밖에 없다는 것도.

5년 동안, '나'는 쉬 얻을 수 없는 '힘'을 얻은 건 분명하다. 나는 이 무기를, 결코 녹슬게 놔두지 않을 것이다.

그날도, 그때도 할 수 없었던 말이 있었다.

입을 벌린 채, 삼켜 버렸던, 그때의 너의 말…….

그래서 나는 말을 빚어 내고 있는 것이다. 내가 하지 못했던 말을 계속 찾고 있는 것이다.

네가 이어 온 '지금'을 말로 빚어 내는 것.

그때부터 나는 줄곧 생각하고 있다. '아픔'과 '상처'는 무엇을 거쳐 '공격'으로 바뀌는가를.

나는 지금, 계속 똑바로 응시하고 있다.

다리 너머를 바라보고 있다.

다리 너머를, 하염없이, 하염없이 바라보고 있다.

예전에, 웅크리고 앉아 떨고 있던 소년이, 이쪽을 돌아보았다. 그리고 수줍은 듯 얼굴을 일그러뜨렸다.

"어서 와. 이제야 왔구나."

"그래, 왔어."

'너'는 속이 훤히 비칠 듯이 희고, 작고, 가냘팠다.

'너'의 목소리…….

조용하게 이야기하기 시작한 소년의 목소리는 맑고, 다정하고, 높았다.

그 소년이 살그머니 다가왔다.

반짝반짝 빛나는 구두. 빳빳하게 다림질된 셔츠. 말끔하게 차려 입었지만 '너'의 볼에는 눈물 자국이 나 있다.

'이곳…….'

나는 내내 울지 않았다. '슬프다'는 감정을 꾹꾹 누르고 살아가는 사이에 '분한' 마음을 숨기게 되었고, 기쁨의 눈물도 어디론가 사라져 버린 것이다.

그런데…….

'나'의 앞에 있던 '너'는 이렇게 작은 몸으로, 내내 나를 기다리고 있었다.

그 까닭은 알 수 없다.

꾹꾹 누르고 있었던 것이 터져 나왔다. '너'는 작은 몸으로, 그것을 지금까지 끌어안고 온 것이다.

내내 나오지 않았던 눈물.

흘러넘치는 눈물로 시야가 흐릿해졌다.

나는 어떻게 눈물을 멈춰야 할지 모른 채 계속 흐느껴 울면서 '너'를 만나러 온 것을 실감했다.

언제나 '너'를 만나고 싶었다.

그날. 여기에 남겨진 '너'는 내내 나를 기다리고 있었다.

눈물로 흐릿해진 시야.

신기하게도, 뒤섞여 조화를 이룬 색깔이 예뻐 보였다.

남들이 내 마음을 알지 못하도록 내 마음을 감춘 채, 나는 다른 사람이 되려고 노력해 왔다.

그날, 잃은 것…….

잃었지만 지킨 것…….

내내 보이지 않았던 색깔…….

나는 키가 '나'의 어깨쯤인 '너'와 나란히 서서 다리 너머를 바라보고 있다…….

어디선가 느꼈던 바람의 감촉이 느껴진다.

정신을 차리고 보니, 이제 거기에, '너'는 없다.

거기에는, 단 한 사람…….

내가, 서 있다.

5년이란 시간이 지난 지금, 나는 여기에 새겨진 낙서를 만져 보았다.

보통의 것이 된 낙서는, 어쩐지 차가웠지만 기분 좋게 나를 받아들여 주었다.

나는 주머니를 뒤졌다. 열쇠가 나왔다.

그것을 쥐고, 그 옆에, 정성껏 꾹꾹 눌러 새겼다.

약 속

나는 트롬본을 다시 짊어지고, 천천히 걷기 시작했다.

내가, 나에게로 돌아왔다.